記憶的
香茗

和　權　詩　集

和
權
著

序言

李怡樂

詩的園林裡，有清新脫俗的出水芙蓉；有令人惋惜的曇花一現；有胡扯攀纏的葛藤；有醜陋卻味鮮的香菇……奇花異草，讓人嘆為觀止。

和權，菲華詩園中四季長青的獨特奇葩。

他青少年時就對詩一見鍾情，孜孜不倦地努力學習研究，俾使詩藝不斷突飛猛進，獲獎無數。在他堅持數十年如一日的勤奮創作下，其作品數量之多、質量之高令人望塵莫及。二〇一九年九月間，〈母愛〉一詩，被《新一代的文學》選為「每日一星」，其閱讀點擊量達二萬一千多。同年，和權的「舊作精選」在臉書上刊出後，獲得閱讀點擊量近二萬六千。充分顯現了和權的創作實力。他曾榮獲菲律賓詩聖描轆沓斯文學獎（亦為終身成就獎），是一位實至名歸的傑出詩人。

本詩集分四輯：「馱著歲月」、「記憶的香茗」、「明月藏鷺」和「茶香抒懷」。近四百首詩，均已在臉書上發表過，且獲得讀者們肯定的讚賞。眾所周知，堅持詩創作之路，不啻為一寂寞備嘗、嘔心瀝血的漫長過程。和權，就是經過這樣磨練的詩人。

〈馱著歲月〉

十九本詩集。疊起來
即是生命的厚度，也是
一生的重量

每一隻字
都很重
因為馱著寂寞
馱著憐憫及悠悠
的
歲月

　　此詩，讀之覺得非常詩意，其實是珍貴的經驗之談。一個
「馱」字，突出了背負重壓的形象。廣大勞苦大眾，都懂得「馱」
字的真諦。和權是很接地氣的詩人。

　　〈晚風的話〉

羨慕
沒有肉身的
風。不會飢餓
不覺勞累
想去哪裡就去
哪裡

晚風嘿嘿笑：
我卻希望擁有
肉身。渴盼一個
無限溫暖
的

家

此詩，以風擬人。

第一段，作者詼諧地描述外出謀生者的現實狀況：

「不會飢餓」替代忍飢挨餓。

「不覺勞累」替代努力拚搏。

「想去哪裡就去／哪裡」替代四處漂泊。

若清晨至晚上，喻人的一生；晚風，即是人的晚年。渴望有個溫暖的家，正是大多數老年人的共同心願。風的自由被人「羨慕」，其不為人知的背後，卻是「飢餓」、「勞累」與居無定所的辛酸。作者以詩含蓄的形式，反映出這一普遍的社會現象，引人深思，促人反省。

和權，是懷著一顆憐憫的心，憂思天下的詩人。他痛恨戰爭：

> 何以燃燒了數千年
> 至今尚未熄滅
> 親愛的。他們用烽火
> 探照真理
>
> ——摘自〈真理四行〉

同樣以擬人問答的形式，詩人〈問落日〉：

> 對這亂世
> 有什麼說法？
>
> 心　提著哪
> 膽　吊著哪
> 腸　牽著哪
> 肚　掛著哪

落日苦笑：
沒有什麼說法

對於萬物皆由它關照的星球，如今竟亂象叢生，「落日」只有「苦笑」！

究竟「亂」到何種狀況，作者沒有描述。但是，「提心吊膽」、「牽腸掛肚」的感覺已躍然紙上。

「沒有什麼說法」。這「亂」已沒有任何語言和文字可表達，「落日」臉紅無言以對。

從和權的詩中，我們看出，他是一個重感情的人。對自己的母親，更是念念不忘。

〈一朵花〉

嘴角
總掛著似有似無的
笑
花朵般飄著
淡淡的清香
縱使心中有千般苦
萬般愁
仍不枯萎
仍然綻放著慈悲
與慈祥

母親啊。記憶中的
菩薩

即使母親已不在多年了，卻還是活在他的思念中，「很想天天
見／麵」（摘自〈北海道的麵〉）。詩人手中的筆，是蘸著真情寫
出詩來的。

〈心之家〉

您走後　我的心
就無家可歸了

母親啊
一個無比溫暖的家

當冬季來臨，詩人便「思念媽媽的湯圓」（摘自〈冬至〉）。
此「圓」，也即是團圓之「圓」，一語雙關。
和權博覽群書，汲取精華，靈活應用。請看：

〈明月藏鷺〉

詩情萬丈
明月千里
豐富、充盈了
生命

總希望明月在心
而盎然的詩意
長伴
左右

詩如明月

明月

藏鷺

「明月藏鷺」，語出〈寶鏡三昧歌〉。這美妙禪境，是用來描述圓融關係的最高境界。

「藏」，隱之意。白鷺隱於皎潔月光下，似乎已成月光的組成部分。若「明月」是詩，「鷺」就是隱於詩中的另一層涵意。詩創作，能達到「明月藏鷺」的境界，多層意境水乳交融不著痕跡，無疑是經典之作。

「詩如明月」。詩人總希望「詩意／長伴／左右」，充盈他的「生命」。「明月在心」，清楚地表明了，詩已融入他的生命，渾然一體。「每一個字都升起裊裊的／暖香」（摘自〈記憶的香茗〉）。

這就是供你長久品嘗的香茗──《記憶的香茗》。

以詩代序

和權

落日藥丸

憂思天下，或許
不是癌症一般的
難以治療
只要
伸手取來落日藥丸
就著洶湧的海
暢快地
送下喉嚨

驚豔歲月

寫詩數十年
失去的　何止是
一臉英氣的青春
豪氣干雲的
情懷

爾今
只剩下一顆淡定怡然的
心。卻足以
驚豔

歲月

CONTENTS

輯二　記憶的香茗

輯三　明月藏鷺

輯四 茶香抒懷

輯一
———————————————
駄著歲月

馱著歲月

十九本詩集。疊起來
即是生命的厚度　也是
一生的重量

每一隻字
都很重
因為馱著寂寞
馱著憐憫　及悠悠
的
歲月

落日九行

撲通一聲
落日　下山前
先跳到海裡洗個
澡

倘若
詩是大海
啊啊

我望著落日
恍如望見我自己

陽光甚好

無欲。無求
不爭。不取
蘭花說：
在溪邊
這樣靜靜地綻放
淡雅
美麗

甚好！

千年的思念

十九本詩集。疊起來
即是一生的重量

足以壓住時間
也壓得住滿腹的悲憫

就是壓不住
炊煙般裊裊升起的
思念

問上蒼

十九本詩集。足以
在草地上，在月光下
擺出一個小小的問號

問上蒼：苦難所為何來？

岷灣即景

風說：詩人
臉上很是平靜
一如映著夕陽的
海面。水底
卻暗潮洶湧

浮雲嘆道：
詩人眼中是怎樣一個
不堪的世界啊

哈哈大笑
落日說：明早
我再從大海心中
升起來

無題十行

為貧病者付醫藥費
為無人認領的屍體
好好地埋葬。沒人認識
他

一無所圖。純粹的善行
如溪水般潺潺地流去

沒人認識他。惟，因果
和宇宙的秩序不會忘了
他。猶如一片隨風而去的
黃葉，沒有忘記春天

無詩

不寫詩。那就畫一朵

花吧　向出生與未出生的
眾生　傳遞春天的訊息

感恩的心

「只此一生，得此一人
夫復何求？」
妳在燈下揮毫……

親愛的。詩人感恩
感恩億萬光年的賜予
賜予今生今世短暫的
相聚

縱使分離後
又要經過億萬光年
才能相聚。仍然心存
感恩

留一座山

潛入窗門的
月光　輕聲對檯燈說：

詩人壓倦了
似乎不想寫了

一首詩
洩露了祕密

月光　有點感傷
告訴你吧　稿紙上這樣
寫：
聲名比才能高
留一座山，將來再
攻頂

（懂不懂，那就隨便了）

葡萄

一串葡萄。讓你
看到了陽光和雨露

彷彿回到了
「葡萄美酒夜光杯」
的年代。彷彿看到了
太平盛世
看到了歌舞

昇平

年代愈久遠
愈多人渴盼如此美好
的
日子

入晚

緩緩下山　豔紅的落日
隱藏於胸中。世界仍有
餘暉

霧鎖人間

霧鎖繁榮的獅城。名利之霧
權力之霧　及種種慾望之霧
令人看不見前景　也看不見
蔚藍的天空

潺潺流水聲

晚餐如何？

親愛的。流水聲
輕輕柔柔　燈光也
暖和

如情

只是難以
吞嚥。時而將水聲
聽成飢腸
的
轆轆聲

夜宿山寺之一

一隻螢火蟲
說牠點亮了山下的
萬家
燈火

夜宿山寺之二

夜半醒來。依稀聽見
悠遠的鐘聲。細聽這悲愴
的聲音　竟是來自心底的
深處

路過荒涼的世界

走著走著。竟然走入
妳的心

假如妳不在了
我在哪裡？我在哪裡？

晚風的話

羨慕
沒有肉身的
風。不會飢餓
不覺勞累
想去哪裡就去

哪裡

晚風嘿嘿笑：
我卻希望擁有
肉身。渴盼一個
無限溫暖
的

家

下大雨

藍湖　映照著蒼天的
悲聲痛哭

痛哭　與人間苦難有關嗎？
抑或是
意欲澆熄延燒千年的
戰火？

機場過關

嗶！嗶！嗶

機場過關時
機器又響了起來

唉！響什麼響
除了詩
以及相思外
胸中
只有大好的
江山
和天地
日月

人間

在醫院
看到驚慌、無助
在墳場
聽見悲痛、哭泣

眼睛說
除了這些
可以看更多的
溫馨和幸福
耳朵說
除了這些

可以聽更多的
笑聲

人生如歌

人生太短
比一首歌更
短

親愛的。所以
不得不愛得比一首詩
美。不得不暢飲這醇
好酒
直到這顆心
爛醉

我愛妳。這句話太俗
卻很美　比一朵春花更
美。啊詩人要天天說：
我愛妳

詩的落葉

孤獨是盛宴
你樂於天天赴
宴。只是，偶爾
也想心如止水
默默地坐在角落裡
讓一枚詩的
落葉
在心中
輕輕

飄浮

煙霧茫茫

煙霧
又瀰漫了獅城

千島之國
沒有煙霧
卻跟全世界一樣
一樣看不清
人面

惟　胸中有顆紅豔豔
的太陽。不至於
迷路

千古的寂寞

吳剛仍在伐桂
玉兔仍在搗藥
月宮裡的美，卻不見了

寂寞啊寂寞

上天不仁？

其實是至大的仁慈：
取回每一個軀體

沒有比相思還痛苦的
飢餓

素色女子

「只想靜靜地
做一個素色女子
在最深的紅塵裡守著自己」

親親。其實妳只想守著
心中的人，想守著最初的
萌動和歡喜
善良著
柔和著
溫暖著

問落日

對這亂世
有什麼說法？

心　提著哪
膽　吊著哪
腸　牽著哪
肚　掛著哪

落日苦笑：
沒有什麼說法

中秋

──和侯建州的「中秋」詩

月亮啊
產婦的乳房
能否餵飽海外
的

鄉愁

今生無憾

山邊
溪畔
茅屋
倚窗等人的
長髮
淺笑
女子

春花十一行

「不必傷感
生來就是演示無常」
曇花說

看花的人
月光般無聲
無息。只在心裡
自語：

誰
不在演示無常
誰　不看盡無常
變幻

摸觸月光

寧願俯下身
也不要踮起腳尖
去摸觸滿天璀璨的
星子

俯身。你

輕易觸及皎潔的
月亮

另一條雨巷

一聲輕嘆　一條詩意的雨巷
你剛好路過　身心都淋濕了
直到今天　仍感到獨行於
雨中的愉快

染病

微微痛著　那是時刻提醒你
有一對幽怨的眼睛　在遙遠
的地方痴望。唉！有點痛

月宮裡的美

——聽歌有感

月宮裡的美，亂了燭光

和一顆心
那伊人的嘴
失色了整個春天

生日

多年前
贈妳一束紅玫瑰
今日　手上猶有
淡淡的
清香

爾今　再送妳一束
更美豔的鮮花
或將流芳
直至

來世

晚霞千丈

坐在海邊　共賞落日時
妳問：這一生追求什麼？

別無他求
只努力於使內心晚霞千丈

情

端出一杯黑咖啡
她笑問：
什麼比它更
濃

痴痴地望著她
反問：
在我眼中
看到了什麼？
看到了什麼？

手錶

貴手錶與普通手錶
時間並無不同
而再多的光陰
也只能用來看世事
變遷

親愛的。可以用來凝視
可以用來陪妳走
夕陽小道
可以用來思念
也可以用來微笑
施捨
眾生

獨立於渡月橋

放眼望去
綿延的青山
染綠了滔滔江水
染綠了愉悅的
心情。連醞釀中的
詩，也葉子般
翠綠
欲滴了

若是，仰天大笑
響亮的笑聲
應會綠化
全世界吧？

抄經

不寫詩了
你會做什麼？

愛人同志。大海
激昂之後，恢復了平靜

自畫像

記得也好
忘了也好
掠過湖海的
鷹
何曾在意水面上
留下蹤影否？

飛過了
山也看見
雲也看見
就算晚風說：
沒有
那又如何？

投入蒼茫中
鷹　或會衝出藍藍的
天

樹上的燈飾

中秋未到
商場已擺出
大大小小的
聖誕樹

樹上的燈飾啊
一隻隻悲憫的眼睛
是否　急於
關照這苦難的人間？

真想
放聲大笑：
人間　沒有苦難
拜託別來了
別來了

露珠

荷葉。幾滴瑩瑩的
露珠　讓你陷入沉思
輕聲嘆息

一張含淚的臉
讓你感悟人的渺小
無奈
以及大化造成的至大
的

悲憫

浴詩

一海蔚藍的
詩。可以浸泡
可以
沐浴

浴罷
何人身心清淨

不沾
塵埃？

一朵花

嘴角
總掛著似有似無的
笑
花朵般飄著
淡淡的清香
縱使心中有千般苦
萬般愁
仍不枯萎
仍然綻放著慈悲
與慈祥

母親啊。記憶中的
菩薩

紅珊瑚墜飾

來自心的深海。嬌豔可人的
紅珊瑚，請輕輕地戴上吧

讓它貼胸聆聽妳的悲欣
和思念

讓它增添妳的美麗
讓它成為妳的守護石
讓它展現妳高貴的氣質
讓它啊讓它嫣然一笑

如詩

靜謐的夜

熄了燈。這是
一個靜謐的夜

月光
卻悄悄探進窗來
再次驚動了
詩人筆下的
憂思

唉！
憂思又如何

生日快樂之一

天剛亮。妳看到
窗外的葉子輕輕地
搖曳

那是遠方的思念
化作一陣風
站在葉子上，柔聲
對妳說：

生日快樂！
天上人間，我都
愛
妳

善忘的女人

喜歡你的聲音
喜歡你的孤傲
喜歡你的任性
喜歡你的孩子氣
喜歡你的大笑
喜歡你的行俠仗義

喜歡你獨一無二的個性

昨晚。突然傳來這樣的
訊息。今晨，卻推說忘了
忘了
說過什麼話

忘了就忘了吧
月亮會稀罕夜空
有沒有星子嗎？
大海會介意浪花開多
開少？

失題四行

寫了一生，也只能表達滿懷
的悲情，而無法改變眾生的
宿命，一如改變不了的天體
運行。有詩無詩又如何？

墓誌銘

縱有詩三千

也改變不了什麼

惟　這裡躺著的
是永不磨滅的詩心

大好的頭顱

臨刑前。金聖嘆笑道：
讓大好的頭顱　滾入詩中吧

千秋萬世之後。這頭顱
仍在笑古笑今　笑未來

臉書江湖

傲骨　猶如美女
卸妝後　也就面目全非了

若是化妝技術高明　媚骨
也就變成了傲骨不羈

小丑

笑聲如哭
洩露出現實的
殘酷、社會的無情
及人間的苦難。只要
能夠紓壓
笑出眼淚又何妨

無如
愈笑愈詭異
令人起雞皮疙瘩
令人心情倍加
沉重。目睹一場血腥
暴力⋯⋯

唉唉！什麼樣的人生
就有什麼樣的笑聲？

註：週末，看了一齣電影
　　《小丑》，笑聲如哭⋯⋯
　　令人情緒波動，久久不能
　　平復。小丑說：媽媽告訴
　　我，要裝出笑臉，令世界
　　增加歡笑聲⋯⋯

寒氣逼人草木黃

「喜歡靜靜地活著。讀書
抄經　聞一聞茶香並看悲歡
緩緩地沉澱」
她病懨懨地說

親親。那就沿著詩行走吧
記得加衣。披上詩人滿懷的
溫柔

如果看到溪邊的草舍　那就
推門進去吧。詩人這心舍裡
燒著一壺茶

茶香淡淡。等妳啊等妳

夕陽無語燕歸愁

金陽
入海了

只是
不經意地

留下千丈的
霞光

在心頭
也在
詩中

一顆柔軟的心

蜘蛛。蜈蚣
蟑螂。螞蟻
與詩人比鄰而居
和平相處

老屋子裡
有一顆柔軟的
心

這亂世
是否欠缺
這種至為柔軟的
心？

肥皂

風說：
宗教是
芳香的肥皂
可以潔淨身心的
塵垢

雨問：
如果　肥皂
被弄污了
怎麼辦？

風停雨歇
誰也不想多話

吹呀吹

樹葉　動了
想對風說些什麼

俯耳過來。風
聽見一句話：別吹了

聽星垂平野的歌

一種渴盼。也許是經歷
因而有了如此深刻的歌詞

沒有這樣的社會，也就沒有
如是低沉、憂鬱的歌聲

真正動人的
是歌者？是歌詞？

聽歌的夜空
答以天際一顆碩大的
淚

給星垂平野

江面啊
一張白紙

思索了好久
月亮　才從雲端
露出
笑臉

用月光
在江面上寫了一個
字：
愛

綴以滿天閃爍的
淚

來生

一趟就夠了
何必
再來？

豈有回流
而重新再來的
潺溪？
沙灘上
有沒有不斷重複的印跡？

假如再來
必是為了拭去母親臉上的
淚

開口笑

被利用。梯子
吱吱嘎嘎叫

開口笑。電梯
包容許多人　沒埋怨

活在黑暗中

雀鳥
對蚯蚓說：
出來吧　外面是
陽光燦爛的世界
不要躲在地下

蚯蚓笑了：
生命中
最重要的是
尊嚴
我不出來
我有我的尊嚴

世界真美好

「市面上，有很多假藥」
醫生輕聲說

像重拳般猛擊過來

唉！
假如藥是真的
而病是假的呢？
假如白首相知相守
是真的
而墳墓是假的呢？
假如飯香是真的
而餓莩是假的呢？
假如歲月靜好是真的
而戰亂殺戮是假的呢？

詩人笑了
醫生也跟著笑了

全世界的企盼

恐襲已過去十八年

阿富汗人仍在盼「和平」

花花草草啊　青山綠水啊
你們也在翹首盼和平？

慈悲

一抹微笑
撫慰了蒼生

何曾　有人
輕聲安慰過菩薩？

椰樹下的小舟

詩啊　這小舟
擱淺于時間的沙灘
佐證了大海的洶湧
澎湃　及險惡
佐證了風雨的侵襲

孤寂的木舟啊
是否

也證明了有人
來過

唉！來過又如何？

悅目是佳人

無如　縱有詩三千
也養不活眼中的西施

做夢吧。夢中有不食人間
煙火的佳人

畫心

天地線。這把獨弦琴
彈盡人間的淒美

落日。用沉默
訴盡生命的悲壯

千色褪盡

願生活清淡若水　無色無味

只釀詩成為美酒。讓妳心醉
一如滿臉通紅的落日

最後一夜

半夜醒來
發現月光躺在
身邊。問：
如果這是最後一夜
詩人
說什麼？

感恩！

感恩這一生好的壞的
經歷　感恩現實的冷酷
感恩人情的涼薄　也感恩
奸詐欺名之徒

感恩！

（感恩造成今日之我的一切）

畫事

面對商場的繪畫作品
總是浮想聯翩

是在閱讀畫家的
情緒和思維哪

色彩鮮豔　每一幅畫
都張大眼睛　研究
讀畫者複雜的
心態

溫馨的燈火

都說
戰爭是為了和平
而
寧靜的夜晚

家家戶戶點燃的
燈火，則是和平的
象徵

一直未閉眼
落日　一心只想
看戰火　如何點燃
萬家
燈火

安安靜靜

安靜
這一塊肥沃的
土地。曾經種下
善念　已然長成
詩

醫院。或是
大酒店
安安靜靜的。再次
種些什麼吧

來生
或會收穫跟詩一樣美好

的

愛

寒風

對葉子說：
別太激動

對雨說：
別哭得那麼悲切

寒風自己
卻徹夜在那裡呼嘯
悲號

註：捷泳少女離奇落海，迅速被火化。有感。

魚

在夢中
游成一條魚
游呀游

忍不住問：

在此幹嘛？
幹嘛在此？

可能問出了眾生欲問
未問的問題。答案是
上天　恆久
的

靜默

心聲

白雪覆蓋的大地，藏著
春天。一綠，江山就亮了
花開的聲音，響個不停

撫琴

情詩啊
一雙溫柔的手
輕輕

挑動了誰的心
弦

也將挑動
隔著今生
隔著歲歲年年
一位知己
一位可人的心
弦

悄然流下一滴清淚

櫻花八行

靜心
不抗拒

凋零就凋零吧
高雅的櫻花對寒風說：

別談來日
也勿提什麼春泥

有燦笑
就有那麼一回事

獎章

「一生獲獎無數。什麼是
詩人最佳的功勳？」
當空的明月笑著問

遙指著山下的房屋
詩人說：看！
那亮著燈的
是我和諧而溫馨的
家

又望向天際
說道：還有千山萬水
之外
那懂我的人兒

醒了就好

夜裡　做夢
大白天也在做夢

快將蓋棺了。才大夢初
醒

訪北山寒

靜心
聆聽　飛瀑流泉聲
竟然沖洗了胸中的百年
思

思民生困苦
思南部的戰火不熄
思賭博思毒品
思百業有如秋季般
蕭條

流泉飛瀑　恰似時間
洗淨了一切。愁思又怎樣？

花語

如廁後。身心愉悅
嘴角綻開一朵花

花說：
放下了　放下了

鏡中人

臉上　雲淡風輕
嘴角　一朵似有似無的
蘭花。額上三、兩條奔流
的
江河

歲月　就這樣潺潺的流逝
愈流愈急
愈急愈流

流不走的是　情
流不走的是　愛
流不走的是　詩心

一朵光焰

在一朵柔美的光焰中
逐漸燃燒掉自己

他們誤解了。蠟燭流的是
快樂之淚

愛情的形狀

「詩人啊！愛情到底是
什麼模樣？」
檯燈笑著問

燃起一炷香
讓輕煙嬝嬝
上升　然後緩緩地消失……

檯燈無言

詩人卻笑了：
輕煙不見了
淡淡的餘香猶在……

輯二

記憶的香茗

掠過藍池

詩人啊　一隻飛鳥
掠過如此靜美的藍池
連倒影
也不留

2019年4月29日
寫於日本藍池池畔

雪山的樹

詩啊　雪山的綠樹
倒影在平靜的心湖

煙霧瀰漫。或者大風
大雨　心裡皆有你

2019年4月29日
寫於日本藍池池畔

藍池

藍天
以映在水面上的
顏色
描述心境的平靜

綠樹
以池中的倒影
告訴你
情呀愛呀皆有正
反

2019年4月29日
寫於藍池池畔

北海道的麵

從這碗豐盛的
麵中　看到另一碗
麵。那是記憶中
媽媽陪讀時
為我煮的麵

很想天天見
麵。可是
媽媽的麵
還能再見嗎？
還能嗎？

2019年4月29日
寫於日本北海道

白頭山

憂心什麼？
苦惱什麼？
山啊　為何
為何白了你的
頭

人間的病痛
飢腸轆轆
和不熄的戰火
與你
何干？

2019年4月29日
寫於日本富良野

隧道

走在黑暗的隧道
她問：這是
什麼地方？

不就是時光隧道
走到盡頭
是一片光明

什麼都有：
和平。寧靜
快樂。幸福
愛情。親情
友情

什麼都沒有：
導彈。核彈
飢餓。病痛
以及無休無止的
爭奪

2019年4月30日
寫於日本北海道

櫻花季

一眼望去　安靜而美好
似是一位靦腆的少女
迎我以淡淡的清香。令人
心醉

櫻花啊櫻花
我報妳以一陣涼爽的
和風。讓妳益發嬌羞　生出
媚態

這不就是歲月靜好
和現世的安穩？

2019年4月30日
攝於日本北海道

一覽眾山小

雪山說：一覽眾山小
浮雲笑了：我看你更渺小

心中一驚。白雲是對山說

還是跟我說？

2019年4月30日
寫於日本北海道

給白櫻

應有一顆
淡淡清香的素心
才能如此雅潔
高貴

親愛的。含笑的白櫻
願妳永遠樸素如初
願妳內心安定與豐盈
願妳永遠不摻一絲
雜質。也願妳夜夜都
來

入夢

2019年4月30日
寫於日本北海道

紅梅

人情
是寒風　也好
是霜雪　也好
你照樣開得
紅灩灩
照樣融化山前山後的
暮雪。你的名字
叫
紅梅
也叫

詩

2019年4月30日
寫於日本北海道

風吹細細香

路邊的小花
盛開著亮麗。雖然
有夢　卻深深感到
寂寞

人潮
不是湧往櫻花樹下
就是聚集在
紅梅樹下

詩人來了
像一陣和風。細細吹
無名花啊
你就細細香
細細
香吧

2019年4月30日
寫於日本北海道

看霧

霧來了
拉著白色的布幕
來遮蓋所有的真相

在雪山最壯麗的時候

2019年5月1日
寫於日本北海道
（Westin Rusutsu Resort）

與歲月吵架之一

歲月是無賴
是大白痴。連簡單的
算術　也不會

他僅僅給我天下美景
和佳餚。還有情啊
愛啊
詩人卻付出十分寶貴的
青春與瀟灑

算起來　你
尚欠我大把大把的
快意人生
卻賴著不還
賴著
不還

與歲月吵架之二

哈哈大笑
歲月說：
是你欠我

不是我欠你

青春瀟灑
要來何用？
除了美食美景外
我還給你令人眼眶
閃爍星光的
詩

錯！
那是我的心血　我的
東西。你的臉皮也太
厚了
太厚了

2019年5月1日
寫於日本北海道
（Hakodate）

吻別櫻花

臨別前
櫻花含淚：
祝君
愉悅

是的。有緣相會
愉悅　一如絕色
永留心底
縱使歷經了人生的痛苦
也值得回味

親愛的。詩人
此生
無憾

2019年5月1日
寫於北海道雪山
（Hakodate）

與山對話

山　以高度
說：我感到自豪

一粒細沙
以它自己的渺小
問：
你影響了多少人？
是否鼓舞人心？
是否美好了整個

世界？

倘若沒有
山啊山
你跟渺小的沙
有啥分別？

（詩人，自覺是細沙）

2019年5月1日
寫於日本北海道
（Westin Rusutsu Resort）

落花

飄下來
一朵櫻花輕輕落地
怕，驚醒了詩人的美
夢

卻不知
經歷了人生悲欣的
洗禮
你只有憐憫而沒有
夢

只有同情而沒有什麼
競逐之
心

2019年5月2日
寫於日本北海道

清晨。霧茫茫

窗外。濃霧未散
歷史的真相如何顯
現？前世今生的真實
面貌　如同霧後的
山
無法看到

雖然　人人
都活在濃霧中
卻知道有座巍偉的
壯美的
山
隱匿在那裡

2019年5月2日
寫於日本北海道
（Westin Rusutsu Resort）

永遠的櫻花季

櫻花啊　一朵朵
微笑。這裡，到底
綻放了
多少朵馨香之美善？

願全世界都盛開
櫻花
願所有的心靈
都搖曳著
清雅的　和善的
微笑

2019年5月2日
寫於日本北海道

石像

石像問：
詩人啊　你來做啥？

微笑。謙卑
禮貌。鞠躬

清酒。美食
還有唐朝的遺風
和漢字　那出嫁女兒
的子子孫孫

當然
也來找詩

石像　點一點頭
不再多話

2019年5月2日
寫於日本北海道
（Westin Rusutsu Resort）

花期短

來得正是時候
櫻花說：早幾天
或晚幾天
就見不到了

親愛的。今生相見
何只是修來的福氣
什麼也不說　妳與我

此刻相會
還是好好地互相凝視
互相疼惜
憐愛吧

2019年5月2日
寫於日本札幌
（Sapporo）

花辭樹

放眼望去
樹上全是櫻花絕色
聲聲讚美　聲聲
嘆息

詩人　只站在那裡
聆聽清風
吟道：
「最是人間留不住
朱顏辭鏡花辭樹」

2019年5月2日
寫於日本札幌
（Sapporo）

流水潺潺

微風說：
流水
總是喜歡唱高調

雨笑道：
我聽了許久
覺得是低
調

站在街燈上
老鳥
嘎嘎叫：
那是嗚咽
它有滿腹的
憂思

2019年5月3日
寫於日本札幌
（Sapporo）

憂鬱的櫻花

是愁花季不長
是愁綻放得不夠美
抑是愁少有清雅的人來
悅賞？

嫻靜的櫻花啊
莫悲傷莫哀愁
我遠自千島之國來
來將妳攝入心底深處
攝入
詩中

淡淡的芬芳
或將永久保存

2019年5月3日
寫於日本北海道

櫻花是詩

一首詩
欲點燃天下所有的
心燈

最先點亮　妳的愛

2019年5月3日
寫於日本北海道
（TullY's)咖啡廳

日本冰淇淋

一瞬間　就融化了
空空如也

生命啊。凡是甜美的
都如此容易消失嗎？

2019年5月3日
寫於日本北海道
（一芳園）

北海道。晝已昏

記憶　腦海中的黃昏啊
消失之前　仍用霞光
絢爛
詩千首

2019年5月4日
寫於日本北海道
（Sapporo）

北海道的落日

浪濤
在那裡自言自語
毀也好
譽也罷
你　全然不放在心上

此心
早已四處悠然
無所謂妒恨
無所謂譏諷
無所謂笑

罵。只是坐在海邊
似笑非笑　看紅灩灩
的落日　看絕美的
晚霞

2019年5月4日
寫於日本北海道
（Sapporo）

落淚的櫻樹

臨別前
落花紛紛

櫻樹啊。親愛的
莫掉淚　詩人會再來
縱使今生不見
還有
來生

再見時
願歲月依然靜好
請以千萬朵

粲笑
迎詩人

2019年5月4日
寫於日本北海道
（Sapporo）

給藍天

蒼天啊　你覆蓋我以
無情的霜雪

我報你以青翠的
心田　及豐糧

2019年5月4日
寫於日本北海道
（Sapporo）

多情的房宅

上面是水泥牆壁
下面卻釘著木板

這是多情的
房屋

懷念古風
懷念消逝的歲月
也懷念前代的
詩人。並懷念來自的
森林

惟　森林
已逐漸光禿？

2019年5月4日
寫於日本北海道
（Sapporo）

妒花

放眼望去
全是綻放得十分
燦亮　十分囂張的
白櫻

若是
沒了妒心

繁花就變得不卑
不亢了。而且馨香
素雅　令賞花人
甚為
陶醉了

2019年5月4日
寫於北海道機場

櫻花送行

登機時
顛了一下
那是身心負荷的
情愛。的確
有點重

親愛的。已送君千里
到此為止吧
詩人會等在來生
霜雪融化了
的

約定的
橋上

2019年5月5日
寫於北海道機場

想妳。思念櫻花

暈燈下
半醒半睡間
見到搖曳的白櫻
化成了含羞的
美媚。　自回憶中
輕盈地
步了出來

高雅。靈秀
柔情。溫和
及善良
竟馴服了詩人野風般
的

桀驁

莫問地址

江山　的確如畫
卻沒有地址　只有
雲煙

若欲來訪
請步入詩中
順著溪流走　聽到
啁啾的鳥聲　看見姹紫
嫣紅　就登上石橋
遙遙聽見幾聲
犬叫
也就到了

詩人　笑臉相迎
將以一壺清茶
和她的錚錚琴聲
款客

月色淒美

岷灣的浪濤吞下落日後
水面上迅速鋪上一層

慘白而淒美的月色

立體了滿懷的憂思

簡愛

「飽含淚水和歡樂的愛
才有滋味」妳低眉

妳的領悟，火把般點亮了
詩人的身心。從此不再憂鬱
不再有黑暗的情緒

只求淚水少些
歡樂多些　而笑聲
比晨鳥的啁啾還要好聽

縱使只有一碗飯
一間斗室。愛的滋味卻更甘
甜美好

泡著小詩

海洋
泡著絢爛的晚霞

咖啡
泡著別致的小詩

燙傷了

被茶水燙傷
小孫女哭了。卻不讓人
看她胸前的燙傷處

是啦
不好看的傷口何必
示人。跟這世界
醜陋的傷口一樣
不必曲意示人

早日治癒
就好
消除傷疤
那就好了

漂亮的衣裳

小孫女說：
我的衣服漂亮嗎？

愛是
漂亮的衣裳
穿上它吧
讓你的心
變得
美美的

梔子花般的女人

遙想　欲做一朵
梔子花般的小女人
臉上　是否帶著無塵
的笑？

昨天生日
應有多少念想　多少
淚珠　晶瑩在心頭？

這樣也好

真性情　並不在笑容裡
而千山萬水之外　懂妳
淚水的人
不離不棄

真理四行

何以燃燒了數千年
至今尚未熄滅

親愛的。他們用烽火
探照真理

日本大阪城

戰爭去遠了　城堡還在
將軍入土了　河流還在

歷史遺跡
可曾警示了世人？

記憶的香茗

夜
煮記憶成一壺
香茗。茶葉般的
人生，歷經煎熬
幾度浮沉，終於有了
這一壺散發淡淡清香的
湯水

此時
適宜於寫一首小詩
讓每一個字都升起裊裊的
暖香

洩露天機

一片黃葉
落在頭上
洩漏了天機

倏然站起
你在大笑聲中

大踏步離
去

愛人同志

「今天發現自己又瘦了
一個又醜又瘦的女人⋯⋯」
她有點哽咽

同志。詩人並不迷戀美色
猶如蝴蝶對花朵的痴迷
只是春風般吹拂著妳美麗的
心花。讓妳的善良綻放
生命之光
照亮人間
照亮我的世界

此外，詩人一無所求

鐵軌

心中有火車而沒有鐵軌

詩
竟然逐漸成為鉄軌
讓火車在呼嘯中馳往美好

大瀑布

轟轟隆隆
內心的瀑布
從未停止翻滾
俯衝，一瀉
何只千
里

出口是筆尖
每一滴　皆是
詩
皆是沖洗人間的
心血

不敢落筆的小詩

「你是我不敢落筆的
小詩……落下心會痛」

吾愛，妳終於還是落筆了
用心血，用淚水用真情
與愛，完成了一首詩

詩成。妳又說：雖然不能
陪在你身邊，但我的愛與
祝福，會永遠陪著你。祝福
你健康平安喜樂

爾今，妳反而是我不敢落筆
的小詩了

天上人間

「不能看你為我寫的詩了
心好疼。如果有一天
離開這個世界，我會讓
這本詩集陪著我……」

親愛。永遠陪著妳的
何只是人間至真的情與
愛，何只是日夜的思念和
關懷

即使我們都離開了，妳仍會

天天看到我為妳而寫的
情詩

故人已乘黃鶴去

〔一聲聲的呼喚〕

坐在窗前
聆聽夜雨的呼喚

一聲聲
呼喚著故人的名字：

1）懷念夏默

想吃大螃蟹
想再看一次金庸的
武俠小說
全都如了你的願

遺憾的是
詩文壇
以及生命的黑暗面
至今仍然無法改變

自你離去之後
思念未曾中斷
天際那一輪彎刀
怎能斬斷春水般的
情誼？

註：夏默是菲華著名散文家。生前有「文壇第一筆」之稱。

2）懷念林泉

——他是名副其實的詩人，留下不少擲地鏗鏘的作品。

緊握你的手
呆滯的眼睛　疑是
雪亮的。看透了
人間的荒謬　依舊
不捨悲歡
不捨親情
也不捨友情
和詩

不用說話
彌留之際
緊握的手　已說了
比岷江水還多的
話

後記：林泉，本名劉德星。他為人忠厚，溫文爾雅，是一位能出入古今、縱橫中西的優秀詩人，也是當代菲華文學一位重要的詩人、作家。於2010年8月16日棄世，震驚文壇。

3）懷念林泉

懷念
又飛來窗前
啁啾

啁啾了
一整個早上
這鳥聲
該有九寸厚吧

4）懷念雲鶴之一

筆是
架在稿紙上的
望遠鏡
窺見
你在星空外
的家裡
獨
酌

5）懷念雲鶴之二

從夢的郵箱

撿獲
寄自天外天的
信

筆力
依然勁健
卻只有
兩個字：

平安

6）懷念雲鶴之三

寫了一首詩　為記憶
增添一道傷口

一碰就痛　流出鮮紅的
思念

7）懷念莊垂明

落日仍在
游泳池仍在
詩人卻不見了

池邊的椰樹
對海風說：
垂明
游得太快

不小心
游到天外天去了
僅留下
失落感　以及
無盡的懷念
給

和權

8）問鴿子

——懷念莊垂明

天天飛翔
究竟有何觀感？

山嶺　不平
大海　不平
鄉野　不平
大城市　不平
這世界到處都是
不平

就在不平中
活出美好的日子

註：二十多年前某日，菲華名詩人莊垂明（已故），突然打來電話，說他人在美國
　　加州，想念和權。突聞敲門聲，前去應門，垂明兄赫然出現於眼前（那天，垂
　　明贈我一張他與鴿子合拍的照片）。

9) 懷念月曲了

一位病重的
詩人好友　帶著
他的妻兒來到大峴灣
指著遠方：
把我的骨灰
撒在
海角

落日
哭紅了眼睛
詩人不哭
淚水表達不了什麼

悼詩人杜文賢

未謀面　未交談
卻是互相注意　偶也
點讚的臉友
驚聞耗訊。一顆心有如
沉入大海之底　不見天日
一片黑暗

一片黑暗

卻清楚看見你誠懇的笑容
以及流露美、善、真的
鏗鏘之作

一路好走。願你走入詩的
殿堂　無病無痛

橫刀向天笑

笑聲　在太陽下
化為一首詩。頓時
聽見歲月的

驚叫

悟

都說歷經滄桑
才會悟。惟，當一枚黃葉
輕輕飄落在窗外，他卻
紅了眼睛

深情款款

今生離別後　還要歷經
多少年的修行　才能再相
聚？

相聚後　仍是要分離
周而復始　無完無了⋯⋯

蒼天啊
你喜歡玩　我就陪你好好的
玩吧

你愈
無情　跟時間一樣無情
我愈深情
深情款款

賞畫

從線條中
從色彩裡
從巧妙的構思
與畫面

你感受到一顆為生命而
跳動的心

賞畫
有人眼眶閃爍著淚光
有人嘴角綻放著會心的
笑。你卻陷入沉思中

思索宇宙這幅美畫真正的
意涵

童年

消失了嗎？

今日　與小孫子來到
廸士尼樂園。原來
童年　好好地藏在這裡

心弦

歷經滄桑之後
心　漸趨平靜了

猶如掛在壁上
啞然無聲的
琴弦

琴弦
恆靜如入定的僧人
紋風不動
雖然胸中藏有鐵馬金
戈　藏有大江大河
滾滾的風沙
以及日月星辰
仍是　啞然
無聲

我欲飛上青天

仰望天空
樹上的綠葉
高呼：我欲飛上青天

遍地的枯葉　默默無言

問枝椏

「寫了多年
仍在那裡寫詩
所為何來啊」
微風細聲問枝椏

枝椏笑了：
就是喜歡在空中
塗鴉
喜歡抒發心中的悲欣
管它有沒人讚
有沒有人紅了眼睛
胡說
八道

高興就好！

聖誕飾品

從商場聖誕飾品的擺設中
依稀聽見鹿車上的呵呵笑聲

又從笑聲中看到一張張面無
表情的童工

柔和如月光

從火葬場回來
似乎變了一個人

臉上　不見了悲欣
眼神　柔和如月光

竹林之一

隱居於此。必將長成
另一株青翠的勁竹

與竹為伍
詩情更清逸　詩品更高

遊濱海灣花園

遊園的人，都愛繁花的
豔姿，誰不愛芳菲美景？

你獨愛襯托花朵的綠葉
深愛它的青青不渝，及隱眼

一片花海

大地輕嘆道：
要怎樣與災難
抗爭？

藍天說：
盛開更多的花
展放更多的顏色
讓山河倍加
燦爛

註：菲律賓棉蘭佬強震，至少六死五十傷。十二個城市停電，大片地區學校停課。有感。

長滿月光

願　滿頭的月光
照亮別人　也照亮
世界

不曲意去照出陰影

一小片海

遠行的人啊
請戴上一塊蔚藍的
寶石　一小片海

海裡　有浪花的呼喚
一聲聲　呼喚著你的
名字

想念時　請記得看一看
摸一摸寶石　你將
觸摸到我的心

來世我們仍將相逢。憑著
一塊藍寶石——啊愛的結晶

風悲嘶：好詩難求

深諳武打技術
下場實戰，卻不堪一擊

精通詩藝。至今
仍然寫不出擲地的鏗鏘

一首詩

檯燈輕聲問：
一生寫了多少詩？

打著呵欠，回答：
也不過一首罷了

附錄：「落日藥丸」：

憂思天下，或許
不是癌症一般的
難以治療
只要
伸手取來落日藥丸
就著洶湧的海
暢快地
送下喉嚨

註：〈落日藥丸〉一詩發表於台灣《聯合報·副刊》，一九九〇年。名詩人瘂弦先
　　生說：我每次看夕照，都想起你的傑作〈落日藥丸〉」，那真是一首令人難忘
　　的好詩……

月亮的心事

有點憂愁。當空的月亮
在江河中洗了千萬年
就是洗不掉污點

敢問：誰沒有污點？

薄薄的窗紗

隔著窗紗
看到外面的高樓
而更遠是白雲
藍天。就是看不見
天外天
與它的意涵

隔著窗紗
陽光透不進來
也無法窺探內心的
世界。不知壁上一片
陰影
是鬱卒，抑是憂思

大化
以及生命之元素
就是在渾然不知中一再地
運轉

鏡子

窗外的景色
一再地變動
早年是一片草地
往年是道路
今年　卻是大廈高
樓

其實　那是一面鏡子
照見我的青春
照見我的蒼蒼鬱鬱
照見我的慈悲與智慧
也照見我的
胸襟

檯燈的話

讀了一本詩集
檯燈說：仿如讀了
一首詩

今晚　讀了一首詩
卻激動莫名
嘆道：

詩啊詩

強震

塌陷了樓層。震碎了玻璃般
的美夢

就是震不碎比水柔軟的憐憫
之心

註：千島之國南納卯2週內發生兩次強震，已造成八人死亡，近萬人無家可歸，各界
　　備妥十億比索救災。

風的呼嘯

歲月格格笑：
別怨我
不放過你
敢問
思念　放過你了嗎？
眼淚　放過你了嗎？

下一世
不要做人了
做一陣風　多好
自由來去　多好

可是
風的呼嘯聲
好像在嗚咽
好像
在嗚咽

隔著詩

這顆心
與十丈紅塵之間隔著

詩

一片清淨

途經世界

觸目　蒼涼
走過不平
爬過險峻
也遭遇過無常

望著燦爛的夕陽
只渴望再越過幾重
山水　就能越過人生
和歲月
結束一場無謂的旅行

就能安放這顆受傷的
心

（惟，遺憾僅僅只是留下一二首詩而已）

久別

生活如何？
她問

讀書。抄經
賞花。養魚
咖啡。美食
練拳。看落日
還有天下第一等事：
寫詩

她不高興了：
沒有
想念？

（哎！思念，豈是用嘴巴講的！）

歲月逝去如流水

流就流吧
誰願意停駐於
生活的掙扎中

以及
永遠的思念？

流就流吧
即使倒流了歡樂的
時光　不想也不敢
要。因為
有歡樂就有痛苦
有相聚就有別離

流吧流吧
歲月逝去如流水

風箏之一

滿心愉悅
風箏　飛翔於
藍天

柔情是線
妳笑了：
只要不斷線
飛得再高再遠
也無妨。風箏
還是會回到

我溫暖的
懷抱

殘缺美

有距離
情　就長了

假如
戰爭是千重山
流離即是
萬重水。造成了
百年不相見
情　就深了
厚了

似此殘缺美
並非人人都有啊

飛躍的心

躍出一種美
躍出一種愉悅

這顆心
就是要跟海豚一樣
或者像南非的那隻巨大的
座頭鯨
嘩然一聲
躍出生活的海面
擺出美的姿態

管它
什麼苦海不苦海
心啊
就是要躍出水面　舞出
生命的愉悅
和感動

註：一隻南非的座頭鯨（四十噸），竟然像海豚一樣，一直躍出海面再落下，令人
　　讚嘆的畫面幸運地被錄了下來。

靜思精舍

若是
心如明亮的眼睛
容不容得下細沙般
的世事

倘若
這顆心恰似無邊無盡
的大草原，容得下
多少無常，多少不羈的
野馬

假使
這顆心什麼也不是
只是一盞佛前的青燈呢？

All Saints' Day。墓園之一

墓園裡
人比綠樹稀疏

晨鳥問：
親情愈來愈淡了嗎？

All Saints' Day。墓園之二

燭火少了
鮮花少了
墓前的哀傷

一年比一年還
少

青苔說：
月光
比人多情
每晚都來墓前表達
哀思

風的哭聲淒涼了
夜

世界花園

黃葉
擊碎春夢
小紅花
綻開心中的鳥鳴

無常的腳步

慘叫　哀號
樓陷屋塌

地震啊　無常的
腳步　時重時輕

踏碎了多少顆人
心？

與靜默對話

星體的運行
是有秩序的
人體的器官功能
也然

夜裡，有一種
至為靜默的聲音
說：
因果，也是一種
秩序。你的心柔軟
回報你的，即是美好

詩人笑了：
願眾生遠離苦惱
平安
快樂

抬頭望明月

沒有詩意
又怎樣？

只要
碩大的月餅
餵飽　天底下
那些半夜餓醒的
人
就好了啊

一炷香

一炷香
多少浪起浪落
多少花開花謝

一炷香
呼喚了幾千幾萬遍
媽媽

一炷香

來回了幾趟天上
人間

浪濤嘩然

獨坐
於黃昏的海邊
坐久了　靜默
就化成洶湧的
浪濤

浪濤
拍岸
是抗議人性的污穢
一如
湧上岸的
垃圾

最後一別

從昏迷中清醒過來
顫抖著，他說：
親親，親親……

閃爍著淚光。老太太
吻了他，親吻了他

所有的語言與許諾
一生的關懷與幸福
比夜空還要遼闊的
愛
都在
這一吻中

註：曾有一張老人親吻的照片，在香港影展獲得了金獎。

明月藏鷺

月亮石

妳的憂傷是
寶石上
淡淡的藍光
使中秋夜多了一分
淒婉，多了一分
詩意

別問今夕
何夕。此時萬籟
俱寂，此刻天荒
地老
只有妳，只有我
與月亮石同輝

思念的腳步

假如夜裡，妳的心湖
無端泛起一圈圈漣漪
遠方的人兒呀　那是我
思念的腳步

墓園一天

緩緩步入墓園
才知道什麼是歸途

望著
三三兩兩的掃墓者
才知道什麼是人情冷暖

從初晨的鳥鳴中
坐到暮色蒼茫
坐到晚霞溶解
才知道什麼是大夢初
醒

鈦晶

土壤裡　有什麼元素
就長出什麼礦物。如心
有了慈悲與同情　就有
高貴的氣質
及柔和的眼光

如果
此心是土地
那麼，我就是金光閃閃
的
鈦晶

遙望星空

小孫子問：
外太空有沒有人類？

有含笑的遠山
有潺潺的溪水
有花草　也有蟲鳴
唉唉
如果有焦土
就有人類

心之家

母親啊
一個溫馨的家

您走後　我的心
就無家可歸了
一直流浪於悲傷
和懷念中

懷念您的關注
懷念您的愛
也懷念您笑容背後的
憂愁

母親啊
一個無比溫暖的家

晚霞冰淇淋

今日　又見童年時
街頭販賣的　愛吃的
冰淇淋。色彩鮮豔
恰似晚天的雲霞

冰淇淋
滿足了視覺、味覺
與觸覺。冰冰涼涼的
令人身心欣悅

惟
冰淇淋跟晚霞一樣
眨眼間
就融解了。生命中
凡是美好的
都這麼容易消失嗎？

盆栽

將盆栽放在窗邊　看它遭
風吹雨淋。培養了一點感傷

沒有感傷　沒有憂思
如何寫好人生這首詩？

未來

未來啊　一陣粗暴的狂風
縱使不知道　將被吹到哪裡
也要一路高歌。落葉這樣說

喜歡孤獨

喜歡
在人群中感到孤獨
像遠方若隱若現的
星子。喜歡在眾星拱月中
默默無言

孤獨
讓你冷靜思考
讓你清雅、高貴
和脫俗

也讓你在廣袤的宇宙中
發現自己的
渺小

夕陽古道

緩步
走在夕陽古道
笑問路樹：
沿著美景往前走
會不會抵達

長安城？

路樹嘿嘿笑：
夢中會
夢外　條條大路
通
墓園

雨珠

下了一夜的雨。似乎
濺濕了你的詩　連你的心
也像窗外的落葉　滿含著
珠淚

生命的長巷

深感寂寞。長巷
一直延伸到來世？

前世至今生的空無
還要延續下去？沒完沒了？

（哈哈，前世已忘了，來世未知，而今生非「空無」，至少有詩
三千。）

夕陽無限好

把詩人大好的
頭顱
擱在天地線
或會似如紅豔豔的落日般
發出奪目而
燦爛
的

光輝

（不同的詩人，其頭顱輕重各異，發出的光芒色彩不一。眾望所歸
者，必「奪目而燦爛」。）

四行

珠光寶氣
暗淡了端莊

平底布鞋
站立起高雅

大愛中的大愛

簡簡單單的
衣服　穿出了一份
感動

德雷莎修女
一襲長袍
竟穿出讚嘆　穿出慈愛之
光

註：德雷莎修女曾被天主教「封聖」。1979年諾貝爾和平獎致詞：「回到家裡，愛
　　你的家人。」「活著，就是為了愛。」

兩首詩

給孤松。遠方的人

我更喜歡
你與眾不同的深情
有如熱水瓶般外冷內
熱。喜歡你那熱烈的吻
和高潔　柔情不只是如水
孤傲　似山嶺上的青松
藏匿著
獨特的氣質

哪怕默默不語
依舊有妙不可言之美

給遠方的人。孤松

情詩千首　一根燃燒的
蠟燭　瞬間熄滅了。光
卻留在妳的心中

銀碗盛雪

假如
此心是銀碗
那麼　詩就是
盛在碗裡　的
雪了

倘若
詩是一匹白馬
那麼　此心就是
蘆花了。而白馬
慢慢踱入
蘆花

秋天了

秋天了。經濟蕭條
一如眼前的景象

心中的山水卻一片
青綠。不知秋天為何物

明月藏鷺

詩情萬丈
明月千里
豐富、充盈了
生命

總希望明月在心
而盎然的詩意
長伴
左右

詩如明月
明月
藏鷺

詩集說

其實　我只是一朵
點燃的燭光
渴望能夠照亮妳的
心

或者

點燃出更多更多的燭
光。讓千萬朵
美麗的光之花
點亮於
黑夜中

佳人芳心

「就枕著冬陽睡去
萬物不理，山河不識」
佳人懶懶地說

睡吧睡吧。情思
理也理不清，而世事
與人間不平，只能徒呼
奈何。至於山河
識與不識都是一樣的
非汝
所有

枕著冬陽睡去吧。夢中
有好人等在那裡

大好的江山

生命
在一呼一吸之間
而人們從中追求
功名和富貴。甚至
爭奪
大好的江山

江山卻笑道：
爭吧爭吧
未知千年後
屬於誰？

瀑布

一哭
千年

人間的苦難
與你有關嗎？

北山寒瀑布

傾聽飛瀉的瀑布　恰似
傾聽自己的心

嘩嘩嘩嘩……訴不盡的情
與愛　訴不盡的滄桑

Hunger Stones

有一塊石頭
刻著德文：
「當你看到我，哭吧。」

它讓人看到旱災和飢餓

假如
地球於一場核戰後
留下一塊刻有同樣文字的
石頭

外星人是哭
抑或是哈哈大笑？

註：看到就得哭（Hunger Stone）。不祥「飢餓石」出現於捷克與德國之邊界的河床上。

槐樹的沉默

枝葉繁茂時
喜歡在風中說個不停

葉子落盡後。卻變得異常
沉默，表示：多說無用

鏡子鏡子

夜空啊　一面鏡子
星光點點
是心底無邊黑暗中希望之
映照

翡翠

你是大地對我說的
最後一句話。以一塊
溫潤的翠綠欲滴的石頭
貼著胸，柔聲說：
詩人啊

感謝你美化了世界

我也感恩
大自然讓我瞭解石頭
比人還美
非常美

琴弦

生命的琴弦彈奏出春花
秋月　繼之以大漠狂風沙
接著是千軍萬馬　殺聲四
起……錚的一聲　戛然
而止

生命的意義全在於此
令人回味無窮　令人感動
令人緬懷

簷角的小花

簷角
掙出一朵小花

默默
投它以憐惜的眼光

幾個人
活出它的
姿態？

沉香

思念是一塊木頭，叫做沉香
沉在心的深處，靜靜散發著
香味。香味是反覆的一句話：

在妳悲傷的時候
請悄悄地唸一唸我的
名字

沉默七行

沉默
如山

靜靜地看著
潺潺的
蜿蜒而去的
光陰

並不想挽留什麼

斷喝一聲

站在奔騰而來的
江水之前。斷喝一聲
自覺嚇退了浪高千丈的
時間

淹沒肉身容易。淹沒
知感交融的篇章　那不是
痴心妄
想？

生日快樂之二

桌上的蛋糕
證明了，你還活著

世道紛亂。遠方的戰火
近處的流血抗爭，飢餓失業
和貧困　卻佐證你幸運地活著

生日快樂　平安永遠

長風悲嘶

有人
在半夜裡餓醒
也有人餓成了
枯枝

他們卻在大量製造
尖端武器
和打造高超音速
戰機

長風　悲嘶：
也許是用來對付
飢餓的

淡然如菊

歷經了歲月的洗禮
人　會變得淡然如
菊？

可是　做母親的為何
這樣說：
感恩兒子用打工錢買來的
旗袍。媽媽很容易
很容易被
感動

歲末

她說：出門
多穿件衣服
天氣
變冷了

嗯！
詩人
每天都這樣穿

人情比天氣還
冷

風，吹開妳的窗

相思
若是一陣風
一定會將此心
吹往千山萬水之外

一定會吹開妳的窗
讓此心　陪燈下讀書
倦極睡去的
人兒。或者
靜靜地
守在床邊
守著睡得酣甜的
小女人

願風
快將此心吹過山
吹過海

聖誕老公公

有人想扮鬼
有人想扮小丑
也有人一心
想扮成呵呵笑的
聖誕老公公
將笑聲
像銀角子般撒在
每一個角落

雖然
腹中滿是委屈
和辛酸

淚花

車窗外
一棵棵聖誕樹
閃爍閃爍

看久了
才發現
原來，那些燈飾

全是閃爍的
淚
花

聖誕樹

讓彩色燈飾
是黑暗的最美風景

讓你活成聖誕樹
站在夜晚的寒風
細雨中

大螃蟹

一生
橫行
只落得困在水牢

賺得全世界又如何？

淺淺的冬

用濃濃的思緒
勾畫出一幅柔雪
飄飛

淺淺的冬
是此刻的心境

親愛的。有些冷
僅用一朵潔白的雪花
寄語今晚的念想
以及
渴盼的暖

雙鬢九行

不是歲月染雙鬢
而是
思念

不是思念染雙鬢
而是
憐憫

雙鬢
飛霜
便是一縷詩意

賞竹

不折腰。兼且節節
向上　維持一種傲骨之
美

傲雖傲
卻又虛懷若谷
不失文人的品性

觀賞久了。竹林的青翠
便綠了這顆心
連詩中的長短句
也開始
綠化起來了

後語：當然，「奴顏婢膝」「抱大腿」之流，不算是「文人」。

光芒

一根火柴
點燃我的詩思
成就千萬束光芒

遠眺岷灣

一不小心就黃昏了
聽見
海的私語
風的輕吟

海　以浪花
述說生命的短暫
風　以椰樹
傾訴人間的悲欣

什麼也不說
你僅是一顆紅豔豔的
落日。從容
入海

情詩

一首詩
醉漢似的
推開了佳人的心
門

嫣然一笑
月宮裡的美
輕聲說：
等了千年
總算等到了
你

煙雨風塵

年少時
夢中是快意恩仇
仗劍天涯

中年時
腦中是詩歌創作
語言婉約

爾今
心中只是一枚飄零的
黃葉
歷經煙雨
風塵

此時此刻
卻是聖誕老人的大布袋
裝滿了祝福

讀妳

不用理智
去思考一首詩

吾愛。妳既是一首
詩，我就用晶瑩的淚
去輕輕撫摸妳的柔情
我就化作千萬條小溪
奔往妳大海般的情懷

願妳真是一首耐讀的
詩。愈讀愈有味

撫著胸口

心啊，我愛你
沒有好好照顧你
對不住，我愛你

撞跳的心
似乎慢了下來
雖然微微地
痛著

太多的關注
憂思，悲憫與同情
讓這顆心，有點受不了

我愛你。心啊
請原諒我的愚痴

颱風天

颱風天。只能困於
憂思中　聆聽窗外的
風
雨

風是淒風
是小民的悲號
雨是苦雨
是眾生受難中的
淚

木雕的觀音菩薩似笑
非笑。很想問：
是否
笑中含
淚？

註：今天（2019年12月3日）強颱「蒂瑞」襲菲。學校停課，飛機停飛，多地發布風
　　暴潮警報。

浪花說法

即開即滅。千萬朵浪花
都在跟你說法：一切都是
虛幻

你卻執意在虛幻中追求愛
追求美、善、真

筆之一

明明是
溪流般九灣
十八拐的人心
卻要用一支又硬
又直的筆
去
丈量

詩人啊詩人

賭

他是
建造這座百層高樓的人

也是　含淚
從頂層飛身躍下的人

棋

直到走不動了
才知道
以前跨出的每一步
都是　走錯的棋

捨得

一朵光明
誓要照亮大千世界

蠟燭
一面燃燒
一面為人間的黑暗而流
淚

成灰後
淚始乾
沒有什麼捨得
不捨得

東坡先生

奇才啊
點燃眾人眼裡的
妒

在烈火中
你見到了東坡先生
負手
吟詩

板橋先生

敢於放言高論
率性而活，贏得
狂名。畫只畫
四時不凋之蘭
節節向上之竹
萬古不敗之石
當然，也畫千秋不變之
人

詩畫中，自有永恆不朽

難得糊塗。願吃虧而獨醒於
濁世

文字畫家

其實，你手中握著
畫筆。用文字畫出
沒人理解的孤寂

畫出
夜裡紛飛的大雪
你披著霜，踽踽獨行於
雲山密林深處

畫出
一張笑出無限柔情的
臉，一對情意綿綿的
眼睛，一位冬夜裡燃著
愛之火爐，靜靜等候郎君的
小女人

花開的聲音

聽見過嗎？

當槍聲響起
一朵美麗的
紅花
綻開於胸際

你就聽見了

扯著童年

扯著風箏
在草地上飛奔

居然　把童年
連同父親的
笑聲
都扯回來了

人生的版圖

詩三千
拼成一幅人生的
版圖

綜觀全圖
就是找不到
安放此心
的
所在

只好放在詩裡

徹夜無眠

憂愁
苦惱

晨間進廁所
馬桶竟說：放下

花自開落

眼中所見盡是
落花

流水
記不記得去年
那朵落花　又何妨

只求
跟流水一樣守住一顆
寧靜的心。只求
淡定一些
釋然一些

颱風「蒂瑞」襲境後

農業損失二十億
受災人數過百萬

歌照唱
舞照跳
酒，照樣飲通宵。醉臥

美人膝
又何妨？

我是妳每天的牽掛

我是妳盈眶的淚
遇見的喜悅
分離的悲傷

妳輕聲說：仰起頭
見到的就是陽光
仰起頭淚水就不會落下

綁架時光

在千島之國
遭綁架者數量激增

詩人
輕嘆如落花：
綁匪先生啊
倘若
綁架的對象是貧窮

是貪污　是腐敗
是生活的磨難
甚至是分離的時光
那麼
我們都會心存感激的

都會
含淚
向你們致敬

浪花與細沙

遠方的人
傳訊：
心中有多少思念？

反問：
海面上綻放著
多少朵浪花？
海灘上有多少粒
潔白的細
沙？

暮鐘

筆
撞響了心中的
巨鐘

驚起
群鳥——
疾飛於暮色中
的

詩思

飄雪

雪是
髮鬢的白所化成
在寒夜裡紛飛
且飛且唱著一首淒美的
歌

用這歌
探測宇宙廣袤的空寂
探測大化中紛亂的秩序

尋求眾生
生滅之意義

雪在詩中飄飛
也在夢裡無告地
哭泣

眼睛

窗戶是
睜開的眼睛

點燈時。告訴你
世上最溫馨的是
家

熄燈時。告訴你
拓寬視野
拓寬
心胸

槍

筆　想幫人寫出好詩
每在燈下勤奮地爬格子

爬呀爬。最後　竟發現
自己　被人當槍使了

入山

山後　雞啼
啼醒嬝嬝的炊煙
橋下
天空藍

再過去
就是夢土了
那裡
住著安寧
住著和平
住著歲月的
靜好

遠離十丈紅塵也好

救生衣

坐在機上
觸目驚心的是：
救生衣
在您座位下

一件救生衣
即可面對整個波濤洶湧的
大海？

爾今
你不就是穿著一件
臭皮囊
載浮載沉於茫茫
的
人海？

採擷星子

詩友傳訊：
早安。其中含著至大的
關懷，而一生所求
無非是「平安。健康。快樂」

在軍備競賽中
在環境污染中
在眾生遭受磨難，陷於
苦惱之中　我們仍然要像
採擷夜空的星子般繼續採擷
不懈
追求

燭

願我的靈感
是點燃的蠟燭
把光
留給人間

願我的肉體
不是燃燒的燭
不會留下什麼歲月
的
灰燼

落紅

晚風坐在葉子上
笑我　伸手欲攬月

詩人笑
萬里長風
連一朵落花
也挽不住

敢問：
何事不是落花？
又何人
不在
攬月？

炷香九行

你是點燃的炷香
嫋嫋的雲煙是你的
詩。炷香成灰了
靜室中
那股淡淡的
味道

猶如

詩人似有似無的
笑

粗糧

進入餐廳
不吃大魚大
肉。只要了粗糧
和金瓜小米粥

吃粗糧
不會無端端想起
掙扎於貧窮線下的
人。不會記起杜詩：
「路有凍死骨」

望著鄰桌的山珍
海味　竟有泫然欲淚
的
感覺

注：今日，報載有約百分之七十友邦人士，自承「貧窮」或「極度貧窮」。有感。

雪的悲傷

夢中
雨雪紛飛
那是遠方的人
於靜夜裡　坐在
窗前　默默地
傾訴嗎？

雪的悲傷
也是妳的心緒
藉著每一朵美麗的
雪花　訴說
無盡的思念

詩人都聽見了

無題十九行

當那一天到來的時候
願像春風美豔了萬紫
千紅之後，悄然地離去
願像一粒微塵，輕輕
輕輕地

被時間吹得無影
無蹤

願遠離苦惱，平安
快樂
願化為宇宙美好的元素
繼續催生萬物
維持因果之循環

親愛的。無須悲傷
我仍活在高山流水之中
活在草葉上
活在妳的呼吸之間
甚至
活成妳眼中閃爍的
星星

第一場雪

當第一場雪，以落花
的姿勢降臨人間

你便欣喜於一片潔白
覆蓋了人心的污穢

冰冷又何妨？
人情冰冷
又何妨？

兩棵青松

山峰上，一棵松樹
挺直腰桿，高聳
入雲。另一棵則學人間的
醜樣，又是彎腰　又是
屈膝

笑問：
何以到處都有他們
的
影子？

一杯老酒

下著小雨。適宜於
在暈燈下　將心中千絲
萬縷的柔情　化作一首纏綿
而深情的小詩

如果
再佐以一杯老酒
也許　就能夠飛渡
山山水水
來到妳的床邊　守護著
妳的睡眠　守護著妳的
優雅寧靜
以及純淨的美好了

冬至

今天冬至
心裡的積雪跟歲月一樣
又增厚了。卻掩蓋不了思
念

思念媽媽的湯圓
思念圍成一桌快樂
的
笑聲

多年以後
仍有好吃的湯圓
只是　發出笑聲的
卻不是你我了

春風吹拂

「這個夜很長……
我等雪至，也等春來」
妳有點憂傷

愛人同志。春來了
妳已經聽見百花綻放的
聲音　依稀聽見白雪在融化
為涓涓細流

再過不久。我就來了
快快樂樂　健健康康地
來了。妳將看到
滿面
春風

時間

浪　冲上沙床
所為何來？

為了抹掉足印
為了湮滅人類的罪證

朱砂梅

如果
稿紙是冰冷的
雪地　那麼
這顆柔軟的心
便是溫暖的陽光了

陽光照著雪地
照著　照著
便綻開了清香的
朱砂梅　綻開
微笑和溫馨
融解了整個世界
的
霜雪

聖誕夜。平安夜

Silent Night
一支聖誕歌啊　一根蠟燭
夜裡　點亮於世界各地
千萬朵美麗的燭花

萬千朵堅持不滅的
亮麗　輕聲訴說著一個
心願　祈求著一個夢的
實現：

和平。和平。和平……

讓和平
真真正正降臨於人間
永永遠遠　千秋萬載

一罈酒

一生所作所為
都釀造成了記憶之
酒。年老之時　讓自己
細細品味　流下三兩滴
淚

淚
是欣喜或悲傷也好
是後悔當初也罷
都像昨日的落花
成為過去了

好好品嚐、流淚吧
明日　一切都不見了

哀叫

拿出小雞雞
孩童
向樹下的螞蟻
射出災禍
倉皇奔逃的
不就是哀叫連連的
難民

哀叫聲
號哭聲
何曾有人聽見？

聚寶盆

紫晶聚寶盆
色豔形佳，洞內
藏花

藏花藏花。榮華榮華

誰不冀盼榮華
富貴

新年
擺個紫寶盆吧
果真富貴啦
也就可以
「大庇天下盡歡顏」

未眠十三行

燈光
為什麼徹夜未
眠？人間的苦難
世事的無常
與你
有關嗎？

我的悵愁
以及
無盡的思念
也與你有關嗎？

燈光啊燈光
你　又能怎樣？
又能怎樣？

唸珠

不用珠寶
或砷礫串成的唸珠

詩人
只用肺葉上上
憐憫生命之淚串成的
數珠。一遍遍地
唸：

願眾生遠離苦惱
願妳平安。心無罣
礙

筆之二

筆是一盞燈

燈亮了。照見心中
的悲欣　也照見
詩三千

筆卻說：
想照亮整個
世界

彩虹

心中的彩虹
映現在雨後的天空

抹去憐憫的淚水後
始能窺見內裡的美善

竹林之二

思念是
一株日漸長高的竹子

爾今。已是滿眼青翠了
妳說吧：究竟有多少相思？

輯四

茶香抒懷

風的呼號

終於
聽懂了風的語言：
一生所求
無非　一屋子幸福
點燃了溫暖的燈光之
家

溪流。綠林
山後。木屋
一個有人牽掛的
家

路途遙遠又怎樣？
坎坷有何懼？

天藍藍

詩人說：
「綿延的青山
一片楓紅。天藍藍
沒有變幻的白雲」

綠林中
寒風笑了：
卻不知道他自己
就是一朵
雲

跨年夜

活著就是快樂。今晚，將所有
的苦惱　都化成升空的煙花
讓全世界看到自己最最燦爛的
笑容

新年

撕掉最後一張日曆
赫見　觀世音菩薩
眼角　眨著淚花

天漸亮　霞光萬道

吹皺一湖水

額頭　原是平靜無波的
湖　怎會起皺了呢？

憂思的風啊　不停吹
憐憫的風啊　吹不停

夜聽竹笛

讓笛音
牽你走往紅塵之外
那裡沒有悵愁　沒有
酸楚　沒有滿天雨雪般
飄飛的
相思

旋律一起
心　就趨向平靜了
它像月光輕輕地撫慰著
胸中的山河。雖然　笛音
如泣
如訴

爬山一生

登峰。歇腳於
半山腰
這心中的峻嶺也太高了

下山。巧遇落葉紛飛
也就不覺攻頂失敗
或成功　有啥分別了

終於　釋懷而
淡然
一笑

碎夢

輕飄飄落下。片片黃葉
何只重重壓碎了詩人的
夢

石雕：遺世獨立之一

湖面靜寂。你不是
小舟上垂釣的蓑笠翁
而是對岸，陡峭懸崖上
一株迎風傲立的孤松
笑看人生風雲之變幻
無常

石雕：遺世獨立之二

慶幸不是迎風搖擺的
蘆葦。而是遺世昂揚
遺世絕俗的孤松。雖然
沒人知道，也自得自在

能飲一杯無？

跨年夜　震耳的鞭炮聲
比以前少了。酒後　詩人
疑是各地轟炸聲大減

遠眺岷灣

憧憬著地平線外的未來
似乎看到伊甸樂園般的
景象。卻永遠越不出線外

至今　心中徒留美好的想像

淡淡的歡與欣

若是　用心去感受
穿越綠林的微風
你將體會
什麼是淡淡的歡
與欣

穿越就穿越了
不亂於心
不困於情
你將活成一陣微涼的
風

瀟灑穿越人生

淒風冷月

月光下。墓草說：
讓世界不要再惡鬥對撞

倏地睜開眼睛。墓中人
問道：又在大選了嗎？

一首小詩之一

情話比小詩短
愛比內涵更深更厚更堪
玩味

茶香抒懷

無眠之夜
一杯記憶的
茶　便品盡了生命
的甘苦

萬事不關心

哎！又怎能
關心呢？

連詩聖老杜
也奈何不了烽火
和飢腸
我何許人也
又怎能奈何得了人間
的
不平

高山流水

戰爭啊　連綿不斷的
青山。縱使歲月流逝了
一代又一代的悲欣　也
流不掉高聳的山

放在哪裡？

親愛。妳把我
放在哪裡了？

放在心裡，放在
靈魂血液裡，放在
我的生命裡，放在
我的愛裡

對不起呀　只把妳放在
詩中。朝朝暮暮
暮暮
朝朝

幾尾詩

時空啊　清澈的水池
將幾尾詩　養在這裡吧

怡情養性之外
也可以忘卻煩憂

藍湖雅事

湖水清澈。掏出詩心一照
居然幽香映水　疏影籠

月。原來　清淨無為的心
也能營造出如此曠世之美景

月湧大江流

增添了歲月。還是不能心如
止水　仍然大江般奔流

思念　也像湧動的明月
沒有片刻安靜

星垂平野闊

心啊　一張白紙
只畫著一個你

親愛。畫上一顆低垂的
星　讓心遼闊起來

踏花歸去馬蹄香

一句情話　一朵花
天天說著　就開出生命中
滿山遍野的
五彩繽紛了

吾愛。來世請耐心等候
一定要等著詩人
倘若聽見一陣自遠而近的
馬蹄聲
請飛奔出來
笑臉
相迎

青青河邊草

看著妳，任風吹
雨淋，依然屹立不倒
堅強地站成一顆小草
我心戚戚

也感到快樂。其實妳比
河邊草更青翠，活得更

自在，更鮮綠

只是，有誰知道小草的
心酸？知道手腳疼痛
胳膊痛？

除了送上祝福外，我心
戚戚

一座山

說它
不夠巍峨
不夠雄偉
兼且有點傲
慢

大山
懶得爭辯
該危巖的　危巖
該峭壁的　峭壁

築一座雅舍

「只想做一朵安靜的
小花，與世無爭，風情
萬種……」妳低眉

吾愛。那就移居於我的
詩中吧。築一座雅舍
那裡有愛化成的暖陽，以及
真情化成的月光，輕輕撫慰
妳的寂寞

覥腆的誓言

夜裡醒來
赫然　有人
坐在床邊
低眉斂首地說：
我是你的影子
我是誓言
不離
不棄

遠方的人啊

詩人知道了。縱使
無常變幻　誓言仍在
她靦腆地說：
我愛你　永遠
記住了

水果茶

太甜了，這水果茶。她說
調和一下吧

哈哈笑我說
拿去吧，這首詩，有點苦

明月松間照

心中養著魚：
一條是淡然
一條是幽雅
一條是悠閒
一條是從容自在

偶爾看一看

聽一聽流水聲
自覺是山林中的
隱者。忘了亂世浮生
和人間疾苦

這樣才能安靜美好
活成明月松間照

十丈紅塵

站在峰頂。松樹
嘆道：都是執迷不悟人

長風笑道：
你又悟了什麼？

長吁短嘆
是悟了嗎？
心懷天下
是悟了嗎？
挺胸
獨撐著藍藍的天
是悟了嗎？

天堂和地獄

見到炊煙
你就看到了天堂
見到硝煙
你就看到了地獄

風箏之二

比斷線　更悲哀

被製成風箏
卻從未翱翔於藍天

夜航

轟然一聲。化為一朵
至為燦亮的焰火

照亮黑暗的世界。即使
只有一剎那

投票

合上眼。葉落紛紛
每一片　都投給歲月靜好

睜開眼睛。發現自己
也是洶湧的落葉

馬蹄聲

噠噠噠噠……
柏油路上傳來了
清脆的記憶

記憶中
有純樸的民風
善良的微笑

都隨著歲月去遠了
一如逝水
無跡可尋

而今　如何在滿街刺耳的
喇叭聲中　覓得美好的童年？

笑時猶帶嶺梅香

現實啊
大雪紛飛
妳回首一笑
似是綻放的
梅

香了心
也透露了春的
蹤跡

百花的芳香
都藏在妳羞赧的
笑中

休問榮枯事

不看報
不問世事
不接電話
更不玩手機

只想與妳

隱居於山林間
白天耕讀，夜晚
持杯於花前
邀月
同飲

風，坐在葉子上
嘻嘻哈哈
說：
想得美

煙台下雪了

人情　多冷
積雪　就多厚

雪多厚
迎春花就開得多美多豔

月朦朧

桌面上
紙鎮壓著

一首
剛剛完成的
詩

卻發現
樹影
探身進來偷看
說：
先睹為快！

跑道

送往　迎來
都在這裡

悲也好
歡愉也罷
皆在剎那間完成
不留痕跡

無從
逗留
這是機場的跑道
人生的縮影

聽雨

風說：
不要相信歷史

雨大笑：
歲月才說真話

客機上偶感

在高處　果然
看不到人間疾苦

努力往上爬。有誰
管它看到看不到

今晚的月亮

這月亮　凝結的是整個宇宙
的愛。亮著憐憫　發出溫暖

的光芒　輕撫著人間的苦難

恰如詩人柔軟的心

精雕沉香

一刀一刀　雕我以現實的
鋒刃。直到嘴角露出一朵
似笑非笑

願是沉香觀音　懷著大悲心

鼓槌

心啊　大地的鼓槌
落點　全是
詩

了無痕跡

帶著攝影師
有人穿戴整齊
前往養老院派發
捐款。隔日
就見報了

望著新月
詩人笑問：
柔和的月光撫慰了
山河大地
可曾留下什麼
痕跡？

雨天書

連下三天大雨　　岷灣的海水
迅速上漲。憂思　　越過了
防波堤

別

離別後。莫問
有多少思念？

沉默啊
這明澈的鏡子
將照見妳滿臉的
珠淚

晶瑩的淚
是遺憾　抑或是
悔恨
都無所謂了

望見落日入海後
也請別再輕喚詩人的名字

時光是白雲

再美的風景
也留不住漂泊的
白雲

花香

數十年前　贈妳一束玫瑰
至今手上仍有淡淡的香味

此時再贈妳一束玫瑰。願
來生　手上仍有花香

小孫女間

什麼比山高？

憐愛比山高
豪氣　比聳入雲霄的山
高

萬物說法

用心傾聽
就會聽見萬物在靜默中
說法

流水說不爭
樹木說不直
井水說不甘
風
不談鋒盛
雨
不言是非

沒有禪
也沒有悟
你只要用心傾聽
嘴角就會露出淺
笑

悵愁

從一首唐詩中
走出來。耳邊響著
雨聲，而擱在門後的
傘，尚在滴水

雨好大，像繡花針
在心頭繡出千年
的
悵愁

同林鳥

一彎新月
無意勾起你的愁緒

眉頭深鎖。是因為錯過了
今生　來世未必是同林鳥

火山爆發了

貧困。失業。綁架
污染。販毒。戰爭

大喝一聲。大地以火山口
噴出胸中壓抑的悲憤

註：2020年1月12日，菲律賓「塔亞火山」爆發。有感。

火山九行

站立於
火山口

願在大笑聲中
縱身
一跳

如果　詩人的熱血能夠
澆熄大地的悲憤
平息
民怨

囍

在百年好合的雕像上
尋找人間的美好與滿心的
歡欣。你看到了子孫滿堂

紅燭在流淚。是喜？是悲？

夜雨悲淒之一

老同學見面。開口就問：
誰能看清人生真相

笑聲如雨。你說：餐廳外
老丐眼中全是世態真相

氣質高雅

女明星說：
又被自己美哭了

白櫻　絕色
卻只是低眉淺笑

處處聞啼鳥

將日子鋪成一條
夕陽古道
乘著詩的血汗寶馬
馳往唐宋也好
奔向未來也好
只要去到一個青山綿延
綠水橋平的
地方。就在哪裡
安居下來

沒有無休無止的
殺戮。只有鳥聲啁啾
花香千里

給塔亞火山

濃煙烈火中　夾帶著
閃電。火山啊　適度地
表達憤怒和悲情就好　不要
傷及無辜

不要跟戰爭的發動者一樣
心狠
手辣

火山啊火山
祈願你也有一顆善良的
心

塔亞火山湖

火山湖太美了
爆發時　更是美得

不要不要的

人間至美　都這樣可怕嗎？

雪糕

幸福是
吃著雪糕　品嚐著童年

年紀越大。童年越像
紅寶石雪糕，吃不起了

霞光如血

坐在客機上。赫然發現窗外
一簇簇灰雲　都在匆匆
逃離
家園

遠方
霞光如血。是天災
抑或是人禍
都無所謂了

雲朵們
早已習慣於
大逃亡

註：昨天（2020年元月十四日），塔亞火山顯現大爆發跡象，錄得三百餘次地震，
　　四萬人逃離家園。

一枚黃葉

葉子凋零時　回頭對大樹
說：感恩

西風問：懂得感恩嗎？你

青梅煮酒

憂傷是冬天。讓你摸觸到
雪花　和歲月的薄涼

欣喜是倘佯在詩中。請來
赴一場青梅煮酒的約會

燈籠。燈籠

燦笑啊　美麗的燈籠
這心中掛著妳　掛著妳
許許多多明亮的彩燈

陪我走過漫長的黑夜

笑容燦爛

全球剛剛經歷有記錄以來
最熱、最多天災人禍的十年

春花照開　蝶還疊舞
秋月不言愁　笑容更燦爛

圍爐烹雪

此生只是一場
風雪。惟　有香有暖
有一爐紅火。卻只是欠缺
知我懂我者　在雪夜裡秉燭

詩話

夢裡　曾遇見有緣人
如梅花與冬相遇。果真能夠
如此　詩人願與她對坐
聽雪簌簌地落下　或者
牽著她的小手　任時光老去

只以深情　共白頭

翱翔

愈來愈不喜歡出國
主要是擺長龍　再來是
文明或野蠻搜身。敢問：

飛鳥過境時，可曾被搜身？

晨鳥啁啾

最美的風景
總是在早上

心啊
你也露出曙光了嗎？

夜深沉

人性啊
如此深沉的
夜色

愈黑暗
愈想寫一首
詩
月亮般懸在
中天

感恩的心

「只此一生，得此一人
夫復何求？」
妳在燈下揮毫……

親愛的。詩人感恩
感恩億萬光年的賜予

賜予今生今世短暫的
相聚

縱使分離後
又要經過億萬光年
才能相聚。仍然心存
感恩

一盒月餅

從故國寄來的一盒
心意　就是不捨得吃

友情　以及對歷代詩家
的仰慕之情
是放在冰箱裡
好　抑是放在心裡
好呢？

月宮裡的美
偷偷笑了：
笨哦！！不會放在
詩中嗎？

無詩

不寫詩。那就畫一朵
花吧　向出生與未出生的
眾生　傳遞春天的訊息

節日

魚翅。清蒸肥蟹
炸乳鴿。生猛龍蝦
豬筋。紅燒牛肉
炒海螺。白斬雞

突然明白
這顆心怎會微微
痛著

窗的思念

窗戶　日夜望著千山
萬水之外的遠方

相信有一對淚眼
也在痴望著千島之國

熱騰騰的火鍋

今晚　天氣太冷
她說：比人情還要冷

無妨。親愛的
詩人心中熱著火鍋呢

Soap

小孫子的媽媽說
上廁所要用雪文

小孫女叫道：是啊！
大人物更需要用Soap

生命是什麼？

呼嘯的狂風
說：
是一場饑荒
是戰爭的洗禮
是一聲呻吟
是一首動人的
悲歌

大雨說：
是一對情人
撐著傘
啊撐著夢
牽手走在雨中的
愉悅

你笑了：
沒有這些
天底下
豈有什麼好
詩

湖，乾了

乾了，乾了
蒼天最後的
一滴淚，乾了

蒸發為
詩人
眼眶裡
欲滴未滴的
晶瑩。關照著苦難
的

人間

竹門風過還惆悵

記憶裡
總有微風般輕聲的
叮嚀。木屋前，仍有
倚門的影子

下著小雨，窗外
風掠過。那是

老母親的呼喚，一聲聲
愈聽愈揪心

記憶裡
住著童年
永遠住著我的老母親

夜雨悲淒之二

雨聲　吵醒了暈燈
也一併吵醒了筆下的
相思

一彎新月

緊閉著嘴

深怕哭出聲來
洩露人間的悲苦

美麗的焰火

胸膛的烈火　遲早要移至
詩中。愈燒愈旺愈久

燒得比烽火久。無論
你在哪個年代　都能看到

除夕快樂

一進門
赫見　一壁好字：
只聞花香
不談悲喜

那就談除夕圍爐
辭舊迎新吧
談著談著
怎麼
談出了兩行清
淚

除夕有感

收集了多少奇珍異寶
離去時，將全部留下
猶如留下詩三千。美、善
與真，留給醜陋的人間

熱呼呼的麵

吃著吃著
就想起以前
媽媽煮的
麵

熱呼呼的麵啊
將來
詩人遷往銀河岸邊
是否
還能見到她老人家的
麵？

2020年

「鼠」你快樂

榮華。福氣。富有
囍事。健康。好運
全「鼠」於你

除了飢餓和逃亡
以及經濟蕭條外
什麼好事
都「鼠」於你

果真如此
你會感到快樂嗎？
快樂嗎　你？

沉默的笑聲

遭到嘲笑時
我沉默以對：

笑窮
就展示以幾座大樓

笑記過
就展示以優秀校友獎

笑春字底下加兩個虫
就擺出廿本
撼動人心的
詩文集

甚至　擺出海內外頒發的
十幾個
獎座。獎牌
獎章。獎狀……

我沉默以對
笑聲如雷

葫蘆的話

從不後悔。生成這個
怪模樣

滿肚子不平。卻只能以詩
醉人

美麗的煙花

短就短吧。只要奮力
沖上夜空，化作瞬間的
燦爛

生命啊生命！

除夕守歲

不小心又除夕了
望著夜空，我舉筆一
劃

讓光透進來！

封城了

肺炎疫情肆虐
一名醫生過勞死
十四名醫護人員遭
感染

惟　疫情再嚴重
也消滅不了城外的
憐憫之心。大體同悲的
念想，正在全世界擴散

比疾病的擴散更快
而人類的希望跟陽光一樣
永遠不會
消失

（嘲笑者，何止是「愚蠢」）

爆竹聲中

在除夕的爆竹聲中
醫護人員，各自奔赴前線

奔赴前線，迎戰病毒
保衛著小老百姓的流金歲月

英雄

「一將功成萬骨枯」
英雄背後　流著多少血多少
淚？破碎著多少家庭？

今次，滬第一批重症
和呼吸科醫生出征武漢
他們背後，什麼也沒有
而且不計報酬，無論生死
他們才是真正的
英雄

詩人
向他們致敬！

千山。萬水

文明與神祕病毒之間
僅僅隔著一個野味

相思與徹夜無眠之間
卻隔著千山與萬水

宛如一首詩

詩是
剔透的翡翠

只有經驗豐富，具備憐憫
與愛
才能從人生之大河撈起的
石料中，分辨出水頭之
好壞。方能精雕出美感以及
有靈魂的玉飾
宛如一首動人心魄的
詩

詩中，我不注膠，不染色
更不以假亂真。只求
呈現出辣綠的本色
無愧
人生

裊裊輕煙

輕煙是
無常　是萬事與萬物
變化的形狀

惟　此心是香爐
任它輕煙千變
萬化　依然不變
如

愛

掛鈎十行

星星與月亮　掛鈎
大海與沙灘　掛鈎
高山與流水　掛鈎
山寺與夜半鐘聲
掛鈎

恰似

官場與貪污　掛鉤
槍支與冷血　掛鉤
新冠病毒與政治或種族
掛鉤

難以忘懷

「今生就此別過了
難以忘懷
願你有三冬暖
願你天黑有燈
下雨有傘……」
憂愁的女子　唱著憂愁的
歌

倘若你是歌詞中的公子
會不會眼眶含淚？
會不會深感「此生無憾」？

親愛的。記得妳曾經柔聲說：
「你是我今生的牽掛……」

下一世　詩人能不
回來嗎？
能不回來嗎？

流不出眼淚

詩是一面鏡子。僅能照出
亂世的樣貌　既伸不出援手
也流不出一滴眼淚

詩的無奈　也是生命的無奈

一首小詩之二

人生的距離　僅僅是
誦讀一首小詩的距
離

人走了。詩還在　繼續

給予美、善與真

而你
在低首抬眉之間
竟　悄然
化成了一首小
詩

火化八行

要留
就留泣鬼神的詩
留　驚天動地
的
大笑

不留孤墳
向
黃昏

一葉扁舟

歷經滄桑和苦難之後。筆下
是否只剩點點的珠淚？

啊不！詩中有　一葉扁舟
帶你去悅賞凡塵至美的意境

在時間的深處

依稀記得
妳尚在時間的
深處。當歲月
染白了雙鬢　而詩人獨坐於
涼夜

依稀記得
轉世相聚的誓言　記得
妳比月光還柔和的痴視
以及疼惜的
輕吻

不管

妳以什麼形象出現
詩人必定滿心歡喜　迎妳以
微笑　以眼淚

包裝的心

一顆賤價的晶石
用漂亮的禮盒、玻璃紙
包裝成高貴的
禮物

恰似

一顆醜陋的心
用詩歌和藝術品
包裝成令人稱美讚嘆的
品德
操守

讀詩。讀史

燈下讀詩。輕嘆
似落花　是生命的感傷

戰亂如故　人心依舊
一部唐詩概括了整部人類史

和權寫作年表

一九六〇年代加入辛墾文藝社。努力於寫作及推動菲華詩運。

一九八〇年　詩作入選《中國情詩選》，常恩主編，青山出版社印行。

一九八五年　與林泉、月曲了、謝馨、吳天霽、珮瓊、陳默、蔡銘、白凌、王勇創立「千島詩社」。與林泉、月曲了掌編《千島詩刊》第1期至26期（共編二年半。不設「社長」位。和權負責組稿、審稿、撰寫「詩訊」、校對，以及對台、港、中、星、馬、美、加等地之詩刊的交流）。

一九八六年　擔任辛墾文藝社社長兼主編。

一九八六年　榮獲菲律賓王國棟文藝基金會「新詩獎」，評審委員：向明、辛鬱、趙天儀。

一九八六年　出版詩集《橘子的話》，非馬、向明、蕭蕭作序，台灣林白出版社刊行。

一九八六年　為菲華詩選《玫瑰與坦克》組稿，並撰〈菲華詩壇現況〉。張香華主編，林白出版社刊行。

一九八六年　詩作〈橘子的話〉，收入台灣爾雅版向陽主編的《七十五年詩選》一書。張默評語：結構單純，引喻明確，文字淺顯，但是卻道出了海外華僑共同普遍的心聲。

一九八六年　應邀擔任學群青年詩文獎評審委員。

一九八七年　英文版《亞洲週刊》（Asia Week），介紹和權的《橘子的話》，並附和權照片。

一九八七年　加入台灣「創世紀詩社」。

一九八七年　脫離「千島詩社」。與林泉、一樂等創立「菲華現代詩研究會」。主編研究會《萬象詩刊》二十年（每月借聯合日報刊出整版詩創作、詩評論等。從不停刊）。

一九八七年　《橘子的話》詩集榮獲台灣華僑救國聯合總會華文著述獎「新詩首獎」，除頒獎章獎金外，並頒獎狀。評語：寫出華僑的心聲及對祖國與先人的懷念，清新簡潔感人至深。

一九八七年　詩作〈拍照〉收入《小詩選讀》，張默編，台灣爾雅出版社出版。張默說：「和權善於經營小詩。『拍照』一詩語句短小而厚實，敘事清晰而俐落，……其中滿布以退為進，亦虛亦實，似真似假的情境，……有人以『自然美、純淨美、精短美、親切美、暢曉美』（姚學禮語）來稱許他，亦頗貼切。」

一九八七年　台灣《時報週刊》769期，刊出和權撰寫的〈獨行的旅人〉（作家談自己的書。我寫「你是否撫觸到衣襟上被親吻的痕跡」），並附和權照片。

一九八八年　與林泉、李怡樂（一樂）合著詩評集《論析現代詩》，香港銀河出版社刊行。同時編選《萬象詩選》。

一九八九年　二度蟬聯菲律賓王國棟文藝基金會「新詩獎」。評審委員：蓉子等。

一九八九年　獲菲華兒童文學研究會、林謝淑英文藝基金會童詩獎。

一九九〇年　大陸知名詩人柳易冰主編的詩選集《鄉愁——台灣與海外華人抒情詩選》（河北人民出版社），收入和權的詩〈紹興酒〉，又在大陸著名的《詩歌報》「詩帆高掛——海外華人抒情詩選萃」中介紹和權的生平與作品。

一九九一年　詩集《你是否撫觸到衣襟上被親吻的痕跡》出版，羅門作序，華曄出版社。

一九九一年　榮獲台灣僑務委員會獎狀。評語：華僑作家陳和權先生文采斐然，所作詩集反映時事對宣揚中華文化促進中菲文化交流貢獻良多特頒此狀以資表揚。並頒獎金。

一九九一年　詩評論〈迷人的光輝〉及〈試論羅門的週末旅途事件〉二篇，收入《門羅天下》（當代名家論羅門）一書，文史哲出版社。

一九九一年　小品文〈羅敏哥哥〉，收入台灣《中國時報‧人間副刊》溫馨專欄精選暢銷書《愛的小故事》，焦桐主編，時報文化出版社。

一九九一年　獲中國全國新詩大賽「寶雞詩獎」。

一九九二年　詩集《落日藥丸》出版，菲律賓現代詩研究會出版發行，列入「萬象叢書之四」。

一九九二年　大陸著名詩評家李元洛評論文章〈千島之國的桔香——菲華詩人和權作品欣賞〉，收入李元洛著作《寫給繆斯的情書》，北岳文藝社出版發行。

一九九二年　詩作〈落日藥丸〉，選入香港《奇詩怪傳》，張詩劍主編，香港文學報社出版。

一九九二年　《落日藥丸》詩集，榮獲台灣「中興文藝獎」，除頒第十六屆中興文藝獎章（新詩獎）壹枚外，並頒獎金。

一九九三年　台灣文藝之窗「詩的小語」（張香華主持）於七月四日警察廣播電台介紹和權生平，並播出和權的詩多首：〈鞋〉、〈拍照〉、〈鈔票〉、〈我的女兒〉、〈彩筆與詩集〉。

一九九三年　榮獲菲律賓中正學院校友會「優秀校友獎」。

一九九三年　台灣《文訊》月刊，刊出女詩人張香華的文章〈珍禽
　　　　　　──認識七年來的和權〉，並附和權照片。

一九九三年　童詩〈瀑布〉、〈我變成了一隻小貓〉、〈不公平的
　　　　　　媽媽〉、〈螢火蟲〉四首，收入「世界華文兒童文
　　　　　　學」（World Children Literature in Chinese）。中國太
　　　　　　原，希望出版社刊行。

一九九三年　詩作〈潮濕的鐘聲〉，榮獲台灣「新陸小詩獎」。作
　　　　　　家柏楊先生代為領獎。

一九九四年　詩作入選台灣《中國詩歌選》。

一九九四年　詩作多首入選南斯拉夫版《中國當代詩選》，張香
　　　　　　華編。

一九九五年　詩作〈橘子的話〉，選入《新詩三百首》（一九一
　　　　　　七～一九九五。集海內外新詩人二百二十四家，三
　　　　　　百三十六首詩作於一書。大學現代詩課堂上採作教
　　　　　　材）。張默、蕭蕭編，九歌出版社刊行。

一九九五年　於聯合日報以筆名「禾木」撰寫專欄「海闊天空」
　　　　　　至今。

一九九五年　二度榮獲菲律賓中正學院校友會「優秀校友獎」。

一九九五年　詩作多首入選羅馬尼亞版《中國當代詩選》，張香
　　　　　　華編。

一九九五年　大陸評論家陳賢茂、吳奕錡撰寫〈談和權〉，收入評
　　　　　　述菲華文學的史書。

一九九六年　台灣《時報週刊》959期，大篇幅刊出和權的詩〈除
　　　　　　夕·煙花──給妻〉（選自詩集《落日藥丸》），附謝
　　　　　　岳勳之彩色攝影，及模特兒蔡美優之演出。

一九九六年　應邀擔任菲華兒童文學學會主辦第一屆菲華兒童作文

比賽評審委員。獲贈感謝狀。

一九九七年　台灣《時報週刊》985期，大篇幅刊出和權的詩《印泥》，附黃建昌之彩色攝影，及影星何如芸之演出。

一九九七年　五四文藝節文總於自由大廈舉辦慶祝晚會，多名女作家朗誦和權長詩〈狼毫今何在〉（朗誦者：黃珍玲、小華、范鳴英、九華等人）。

一九九七～一九九九年　應邀擔任菲律賓僑中學院總分校中小學生作文比賽之評審委員。獲贈感謝狀。

二〇〇〇年　《和權文集》出版，雲鶴主編，中國鷺江出版社出版發行。附錄邵德懷、李元洛、劉華、姚學禮、林泉、吳新宇、周柴評論文章。

二〇〇〇～二〇〇一年　再度應邀擔任菲律賓僑中學院總分校學生作文比賽之評審委員。獲贈感謝狀。

二〇〇六年　詩作〈葉子〉，收入台灣《情趣小詩選》，向明主編，聯經出版社刊行。

二〇〇八年　大陸評論家汪義生撰寫〈華夏文脈的尋根者──和權和他的《橘子的話》〉，收入他的評論集《走出王彬街》。

二〇一〇年　《創世紀》詩雜誌162期，刊出和權的詩創作〈從「象牙」到「掌中日月」十首〉，並刊出二〇〇九年十二月二十九日，攜一對子女訪台時，與創世紀老友多人在台北三軍軍官俱樂部雅集之照片。

二〇一〇年　台灣《文訊》292期，刊出和權於二〇〇九年十二月三十一日，與多位創世紀詩社同仁拜訪文訊雜誌社（封德屏總編輯親自接待。大家一同參訪文訊資料中心書庫，並在現場留影）之照片。該期介紹和權生平及作品。

二〇一〇年	台灣《文訊》294期，刊出和權詩兩首〈砲彈與嘴巴〉及〈集郵〉。附彩色攝影照片，十分精美。
二〇一〇年	於《聯合日報》社會版「海闊天空」闢「詩之葉」，致力提升詩量詩質，影響社會風氣。
二〇一〇年	台灣《文訊》297期再度刊出和權的詩二首〈咖啡〉與〈黑咖啡〉。附彩色攝影照片，至為精美。
二〇一〇年	詩集《我忍不住大笑》出版，楊宗翰主編，台灣秀威文化公司刊行（列入「菲律賓・華文風」叢書之十）。
二〇一〇年	《和權詩文集》出版，陳瓊華主編，菲律賓王國棟文藝基金會刊行（列入「菲律賓・華文風」叢書之十）。
二〇一〇年	九月，詩作〈熱水瓶〉收錄南一書局出版之中學國文輔助教材《基測綜合題本》。
二〇一〇年	詩集《隱約的鳥聲》出版，楊宗翰主編，台灣秀威資訊科技股份有限公司製作發行（列入「菲律賓・華文風」叢書之十九）。該書剛出版，國立台灣大學圖書館即購一冊。記錄號碼：B3723139。
二〇一〇年	〈獨飲〉一詩刊於《文訊》。附彩色攝影照片，很是精美。
二〇一一年	詩作多首譯成韓文，刊於韓國重量級詩刊。
二〇一一年	詩二首〈筵席上〉與〈礁〉，收入蕭蕭主編之《二〇一〇年台灣詩選》，亦即《年度詩選》一書。
二〇一一年	詩作〈橘子的話〉收入《漢語新詩鑑賞》，傅天虹主編。
二〇一一年	〈大地震之後〉一詩刊《文訊》。附彩色攝影照片，極為精美。

二〇一一年　詩作〈鐘〉又被台灣康熹文化（專門製作教科書、參考書的出版社）選入教材，亦即用於《高分策略——國文》。

二〇一一年　中、英、菲三語詩集《眼中的燈》出版，菲律賓華裔青年聯合會刊行。

二〇一二年　詩集《回音是詩》出版，楊宗翰主編，台灣秀威資訊科技股份有限公司製作發行（列入「菲律賓‧華文風」叢書之廿一）。

二〇一二年　獲菲律賓作家聯盟（UMPIL）頒詩聖描轆沓斯文學獎（Gawad Pambansang Alagad ni Balagtas），該獎為菲國最高文學獎，亦為「終身成就獎」。

二〇一二年　三語詩集《眼中的燈》之菲譯版（由施華謹先生翻譯），在年度甄選的最佳國家圖書獎（National Book Awards）中入圍，該獎是菲國榮譽最高的圖書獎每年被提名的由各主要出版社出版的優秀書籍多達幾百本，能夠入圍的卻僅有數本。

二〇一二年　三語詩集《眼中的燈》除在菲國兩家主要書店National Book Store和Power Books，上架出售外，也在菲國數間大學被當作翻譯課本使用。

二〇一二年　詩評集《華文現代詩鑑賞》，與林泉、李怡樂合著出版，台灣秀威資訊科技股份有限公司製作發行，列入新銳文叢之十九。

二〇一二年　受聘為菲律賓「第一屆亞洲華文青年文藝營」之顧問。

二〇一三年　馬尼拉計順市華校，擇取和權詩作〈殘障三題〉等，訓練學生朗讀。

二〇一三年　二月十六日，華校學生在此間愛心基金會朗讀和權的作品〈樹根與鮮鮑〉、〈和平之城〉、〈殘障三

題〉。

二〇一三年　台灣某校高二課程有現代詩，侯建州老師把和權的作
　　　　　　品拿出來分享討論。

二〇一四年　詩集《震落月色》出版，台灣秀威資訊科技股份有限
　　　　　　公司製作發行，列入秀詩人01。

二〇一四年　和權的詩五篇〈漂鳥〉、〈在畫廊〉、〈住址〉、
　　　　　　〈即景〉、〈一尾詩〉選入聯合新聞網udn閱讀藝文
　　　　　　〈獨立作家詩選〉──選自《震落月色》詩集。

二〇一四年　和權詩集《我忍不住大笑》、《隱約的鳥聲》、《回
　　　　　　音是詩》、《震落月色》、《眼中的燈》（三語詩
　　　　　　集）、《華文現代詩鑑賞》等著作，入藏北京「中國
　　　　　　現代文學館」。

二〇一四年　詩集《霞光萬丈》出版，台灣秀威資訊科技股份有限
　　　　　　公司製作發行，列入秀詩人03。

二〇一四年　和權的詩〈金錢草〉選入台灣名詩人張默傾力編成的
　　　　　　第三部小詩選《小詩・隨身帖》。

二〇一四年　十月，《創世紀》創刊一甲子，《文訊》雜誌特別展
　　　　　　出《創世紀》180期詩刊封面，以及四十七位創世紀
　　　　　　同仁風格獨具的詩手稿。和權的小詩手稿〈殘障三
　　　　　　題〉，與他的照片和簡介一同展出（地點：台北市紀
　　　　　　州庵文學森林。日期：十月九日至十月廿六日）。

二〇一五年　詩集「悲憫千丈」出版，台灣秀威資訊科技股份有限
　　　　　　公司製作發行，列為讀詩人64。

二〇一五年　中國劇作家協會文學部主辦「華語詩人」大展
　　　　　　（八五），推出和權（菲律賓）詩作二十二首。

二〇一六年　「唯美詩歌學會」推薦唯美菲籍華裔著名詩人和權詩
　　　　　　作八首（附輕音樂）。

二〇一六年　東南亞華語詩人作品選《三》，推薦和權詩作〈橘子的話〉、〈找不到花〉。

二〇一六年　台灣畢仙蓉老師朗讀和權詩作八首。字正腔圓且充滿感情的朗誦，令人一聽再聽不厭。

二〇一六年　中國萬象文化傳媒詩人，推薦和權的詩十二首。

二〇一六年　榮獲中國八仙詩社擂台賽「一等獎」，亦即第一名（全國各地三十多位知名詩人參賽）。

二〇一六年　台灣這一代詩歌社與資深青商總會合辦「吟遊台灣詩詞大賞」活動。榮獲詩獎。

二〇一六年　台灣2016年度詩選《給蟲》，收入和權的詩四首〈畫夢〉、〈撐開的傘〉、〈一張照片〉、〈一抹彩霞〉。

二〇一七年　應邀為中國丐幫「華韻杯」詩賽評委。

二〇一七年　應聘為「中華漢詩聯盟」顧問。

二〇一七年　中國《蓼城詩刊》第18期，短詩聯盟推薦和權的詩八首，亦即〈新年八首〉。

二〇一七年　「中華漢詩聯盟」多次為和權製作個人專輯，刊出詩多首。

二〇一七年　中國《周末詩會》337期，刊出和權的詩多首。

二〇一七年　中國《詩歌經典2017》出版（經銷：全國新華書店）。收入和權的詩二首：〈小喝幾杯〉、〈勁竹〉。附詩人簡歷及觀點。

二〇一七～二〇一八年　《中華漢詩聯盟》、《長衫詩人》、《短詩原創聯盟》等，多次刊發《和權小詩專輯》，博得讚譽。

二〇一七年　《台灣詩學截句選300首》，收入和權的詩四首：〈弦外之音〉、〈情愛〉、〈紅泥小火爐〉、〈失戀〉。

二〇一八年　《中國情詩精選》多次刊發、朗誦和權的詩（點擊率過千），好評如潮。

二〇一八年　中國《短詩原創聯盟》舉辦「和權盃小詩大賽」，參賽者眾。圓滿成功。

二〇一八年　《中國詩歌經典2018年》（經銷：全國新華書店），收入和權的詩三首：〈獨弦琴〉、〈西楚霸王〉、〈舉杯邀明月〉。附詩人簡歷及觀點。

二〇一八年　和權情詩八首〈藍色月光石〉、〈拭淚〉、〈星光藍寶石〉等，選入台灣《這一代的文學——每日一星佳作選集》。

二〇一八年　和權情詩十二首：〈雨中漫舞〉、〈漂泊者返家了〉等，選入台灣《這一代的文學——每日一星佳作選集》。

二〇一八年　《中國情詩精選》第0358期刊發、朗誦和權的詩十首，同時刊發於廣東《觸電新聞》（面對大海朗讀），一萬八千人閱讀。

二〇一九年　台灣《魚跳：2018臉書截句選300首》，選入和權的詩四詩：〈月兒彎彎〉、〈養在詩中〉、〈泡影說法〉、〈火柴〉。

二〇一九年　和權詩七首〈中國神韻之風製作〉，點擊率過六萬。

二〇一九年　中國實力詩人《中國詩人總社檔案2019》（Chinese Power Poet Archive 2019），收入和權的詩〈讀你〉、〈願〉。排在前百名之內第44號（安排於全國新華書店出售）。

二〇一九年　中國《華語詩壇》刊發《陳和權專輯》。閱讀量：4.9萬。

二〇一九年　中國「華語詩壇」特別荐詩，亦即和權題詩：一百年來震驚人類靈魂的十五張新聞照（和權專稿）。

二〇一九年　中國「華語詩壇」刊出《陳和權專輯》。

二〇一九年　獲選中國「名人錄」檔案0045號（收入代表作八首）。

二〇一九年　中國「東佳書社」刊出《和權專輯》。

二〇一九年　選入中國「名家檔案」，列0004號（名家風采榜），並刊出陳和權作品展（詩作八首。附名家評論）。

二〇二〇年　元月中旬，菲律賓中正學院「菲華文學館」展出和權的全部作品（共十九本詩文集）及〈落日藥丸〉等代表作多首。

二〇二〇年　元月下旬，中國「華語詩壇」（第26期）刊發和權的詩〈夜深沉〉、〈天冷〉，閱讀量一萬。

二〇二〇年　元月下旬，中國「名人行」01期，刊出和權的詩〈封城了〉。

二〇二〇年　二月三日，中國「世界名人會」，刊發和權的詩五首。

二〇二〇年　二月四日，中國「名人行」02期，刊出和權的詩〈給地球人〉。

讀詩人133　PG2410

 記憶的香茗
　　　　——和權詩集

作　　者	和　權
責任編輯	洪聖翔
圖文排版	周怡辰
封面設計	王嵩賀

出版策劃	釀出版
製作發行	秀威資訊科技股份有限公司
	114 台北市內湖區瑞光路76巷65號1樓
	電話：+886-2-2796-3638　傳真：+886-2-2796-1377
	服務信箱：service@showwe.com.tw
	http://www.showwe.com.tw
郵政劃撥	19563868　戶名：秀威資訊科技股份有限公司
展售門市	國家書店【松江門市】
	104 台北市中山區松江路209號1樓
	電話：+886-2-2518-0207　傳真：+886-2-2518-0778
網路訂購	秀威網路書店：https://store.showwe.tw
	國家網路書店：https://www.govbooks.com.tw
法律顧問	毛國樑　律師
總 經 銷	聯合發行股份有限公司
	231新北市新店區寶橋路235巷6弄6號4F
	電話：+886-2-2917-8022　傳真：+886-2-2915-6275

出版日期	2020年6月　BOD一版
定　　價	320元

國家圖書館出版品預行編目

記憶的香茗：和權詩集 / 和權著. -- 一版. --
　臺北市：釀出版, 2020.06
　　面；　公分. -- (讀詩人；133)
　BOD版
　ISBN 978-986-445-396-2(平裝)

868.651　　　　　　　　　　109006091

讀者回函卡

感謝您購買本書,為提升服務品質,請填妥以下資料,將讀者回函卡直接寄回或傳真本公司,收到您的寶貴意見後,我們會收藏記錄及檢討,謝謝!如您需要了解本公司最新出版書目、購書優惠或企劃活動,歡迎您上網查詢或下載相關資料:http:// www.showwe.com.tw

您購買的書名:_____

出生日期:_____年_____月_____日

學歷:□高中 (含) 以下　　□大專　　□研究所 (含) 以上

職業:□製造業　□金融業　□資訊業　□軍警　□傳播業　□自由業
　　　□服務業　□公務員　□教職　□學生　□家管　□其它_____

購書地點:□網路書店　□實體書店　□書展　□郵購　□贈閱　□其他

您從何得知本書的消息?

　□網路書店　□實體書店　□網路搜尋　□電子報　□書訊　□雜誌
　□傳播媒體　□親友推薦　□網站推薦　□部落格　□其他_____

您對本書的評價:(請填代號　1.非常滿意　2.滿意　3.尚可　4.再改進)

　封面設計____　版面編排____　內容____　文／譯筆____　價格____

讀完書後您覺得:

　□很有收穫　□有收穫　□收穫不多　□沒收穫

對我們的建議:_____

_____

_____

_____

11466
台北市內湖區瑞光路 76 巷 65 號 1 樓

秀威資訊科技股份有限公司 　　　收
　　　　　　BOD 數位出版事業部

....

（請沿線對折寄回，謝謝！）

姓　　名：＿＿＿＿＿＿＿＿＿　年齡：＿＿＿＿　性別：□女　□男

郵遞區號：□□□□□

地　　址：＿＿＿＿＿＿＿＿＿＿＿＿＿＿＿＿＿＿＿＿＿＿＿

聯絡電話：(日) ＿＿＿＿＿＿＿＿＿＿　(夜) ＿＿＿＿＿＿＿＿＿＿

E-mail：＿＿＿＿＿＿＿＿＿＿＿＿＿＿＿＿＿＿＿＿＿＿＿